기억나니?..
세기말 키드
1999...☆

기억나니?...
세기말 키드
1999...☆

이다 지음

위즈덤하우스

차례

서문_이 세상 마지막 아날로그 어린이 _010

Part 01. 세기말 키드

환호 주공아파트 _017
"열쇠 없어서 집에 못 들어가요."

종이인형 원정대 _025
"많은 종이인형을 가지고 있었는데도 더 갖고 싶었다."

똥 싼 아이 _032
"똥은 들키지만 않으면 되는 것!"

초가삼간 _039
"이불을 들추면 밥그릇도 있고 콩나물시루도 있었다."

정지와 아궁이 _048
"내가 아궁이에 불 붙여본 어린이다. 이거야."

32동 401호 _054
"가난하지만 행복한 가족의 전형적인 집"

아침 조회 _062
"너네처럼 엉망인 놈들 첨 본다!"

선물 _068
"납작한 박스를 뜯는데 손이 살짝 떨렸다."

나무 타기 _071
"소녀라면 나무부터 잘 타고 볼 일."

옥수수 인형 _074
"어린이는 역시 대단하다."

ADHD 어린이 _078
"잠시라도 가만히 있어봐라."

문방구의 늪 _083
"외상으로 줄까?"

채변검사 _091
"사람들은 똥 얘기를 좋아하는구나!"

집 전화 _096
"폰팅 하실래요?"

혼자 집 보기 _103
"혼자 있으니 너무나 즐거워요!"

Part 02. 세기말 틴에이저

삐삐- 삐삐- _111

"친구가 가져왔던 작은 삐삐는 모두에게 충격을 줬다."

박진영과 누드 사진 _118

"박진영의 비닐바지, 노팬티 바지, 망사 셔츠"

펜팔 _125

"잡지를 보면 뒤에 반드시 펜팔 코너가 있었다."

핸드폰 _133

"핸드폰이 내 손에 생기자 온 세상이 내 것 같았다."

P.S.B 와 S.B _141

"오빠들은 모두 암호를 붙여 불렀다."

브랜드 _151

"대부분의 아이들이 게스나 인터크루 티셔츠를 입고 다녔다.

젝스키스(상) _158

"재덕오빠 제발 답장해주세요."

젝스키스(하) _167

"두 번의 덕질을 젝키를 위해 바쳤고 행복했고 또 불행했다."

힙합바지 _177

"저게 뭐고, 똥 싼 바지 아이가?"

만화 _184

"도서대여점의 전성시대이자, 마지막 시대"

교회동생 _194

"영도는 잘생긴 얼굴과 달리 순진하고 다소 어리숙했다."

미술 시간 _204

"나는 특별해지고 싶었고, 특별하다고 생각했다."

땡땡이 _213

"나만 이렇게 방탕하게 즐기고 있다는 것이 너무 신이 났다."

잡지의 시대 _220

"세기말의 어떤 것은 그립지 않다. 하지만 이건 정말 그립다."

Part 03. 세기말 단상

항구국민학교	_231	매	_244
흙장난	_232	내 방	_245
그네 타기	_233	라디오	_246
문방구	_234	분신사바	_247
쥬쥬	_235	서태지와 아이들	_248
인형 옷	_236	스티커 사진	_249
하트베어	_237	육공 다이어리	_250
더위 극복	_238	키티	_251
열쇠	_239	건담샵	_252
복날	_240	공책 소설	_253
취권	_241	노래방	_254
피아노 학원	_242	하두리	_255
비디오 가게	_243		

에필로그_세기말 키드를 마무리하며 _256
추천의 글 _262

이 세상 마지막 아날로그 어린이

나는 1982년에 태어난 여자아이다. 나는 연도라는 것은 19로만 시작하는 줄 알았다. 199- 이후의 연도를 상상할 수 없었다. 연도 앞자리가 2로 바뀌는 날엔 이 세상 모든 컴퓨터가 오류와 반역을 일으켜 종말이 닥치는 줄 알았다. 사실 은근 그렇게 되길 바라기도 했다. 물론 그런 일은 없었고 지금은 무려 2021년이다. 2021, 이 무슨 비현실적인 숫자냐.

나는 땔감과 지푸라기를 아궁이에 넣어 불을 때는 초가삼간에서 자라나 5층 높이의 주공아파트 9평 집에서 초등학교, 아니 국민학교를 다녔다. 100원짜리 종이인형을 사러 산을 넘어 옆 동네로 원정을 갔고, 언덕에서 라면 박스를 깔고 썰매를 탔다. 하루 용돈 200원에서 100원을 내고 봉봉을 타는 것이 매일의 큰

할 일이었다. 동시에 나는 486 컴퓨터로 한글타자 연습을 했고 아침에 걸려오는 윤선생 전화로 영어를 배웠다.

중학교에 올라가자 애들은 다들 '인터크루'와 '게스'를 입고 다녔다. 잘생긴 오빠들은 '필라'와 '엘레세' 가방을 옆으로 맸는데 그게 그렇게 멋있어 보일 수가 없었다. 중3 때는 천리안에서 만난 통신 남자친구에게 노란 뻬뻬를 선물 받았다. 금붕어가 수놓인 두꺼운 솜이불 속에서 라디오 안테나를 만지며 〈윤종신의 음악도시〉를 들었다. 구멍이 여섯 개 뚫린 육공 다이어리 안에는 친구들과 가발을 쓰고 찍은 스티커 사진과 만화 『언플러그드 보이』 엽서가 들어 있었다.

2021년의 나는 맥북으로 이 글을 쓰고 있다. 귀에는 헤드폰을 쓰고 애플 뮤직으로 〈비긴 어게인〉 OST를 듣는 중이다. 나는 글을 쓰며 아이스 아메리카노를 마시고 있다. 카페에는 와이파이가 연결되어 있어 내가 메모장에 쓰는 글은 모두 클라우드에 올라가는 중이다. 이따 나는 핸드폰에서 내가 쓴 글을 확인하고 수정할 수 있다. 지금 나는 옛날의 내가 전혀 상상할 수 없는 세상을 살아가고 있다.

내가 아이일 때, 그러니까 세기말에는 너무 많은 일이 있었다. 나는 천둥벌거숭이였고 정신과에 다니지 않은 ADHD 어린이였다. 언제나 별나고 산만한 아이였고 그때의 기준으로 전혀 여자답지 않은 소녀였다. 마구 설쳤고, 어디든 돌아다녔고, 매일 다쳤다. 남자애들과 박치기를 하며 싸웠고, 나무에 매달린 밧줄을 잡고 그네를 탔다. 아직도 부모님과 친척들은 "너같이 설치는 애는 한 명도 없었다"고 얘기한다.

난 과거를 아주 잘 기억한다. 어릴 때부터 과거를 곱씹었기 때문이다. 나는 12살에도 기억과 추억을 잊지 않도록 노력했다. 기억이라는 것은 나에게 늘 소중했다. 남에게 얘기하지 않았을 뿐 언제나 과거를 혼자 되새기고 되새겼다. 언젠가는 이 얘기들을 그림으로 그려보고 싶었다. 그런데 그림으로 그린다면 60살이 될 때까지 완결하지 못할 것 같아 당장 글로 먼저 써보기로 했다.

어릴 때 내가 읽었던 '어린 시절 추억 이야기'는 모두 소년들의 이야기였다. 시골 원두막 서리, 개울에서 가재 잡기, 여탕 가기, 여자아이들 고무줄 끊고 아이스께끼 하기, 첫 몽정 이야기를 마치 내 이야기처럼 읽었다. 무엇이 이상한지 잘 몰랐지만 난 늘 이상했다.

이제 1982년에 태어난 여자아이인 내 이야기를 해보려고 한다. 아직도 나에게 기억은 생생하고 추억은 많다. 노트북 배터리도 빵빵한 상태다. 나는 이제 세기말로 돌아간다.

Part 01.
세기말 키드

환호 주공아파트

"열쇠 없어서 집에 못 들어가요."

포항시 환호동 환호아파트 32동 401호.

이제는 세상에 없는 이곳을 아직까지 정확히 기억하고 있다. 5살부터 12살까지 나는 여기 살았다. 9평짜리 작은 주공아파트인데 어제 갔다 온 것처럼 생생하다. 심지어는 꿈에도 자주 나오기 때문에 어제 갔다 왔다고 쳐도 영 틀린 건 아니다.

80년대의 주공아파트는 요즘의 신식 아파트들과 완전히 다르다. 요즘 아파트들이 성냥갑을 세로로 세운 모양이라면, 주공아파트는 가로로 세운 것과 비슷하다. 옆으로 길고 높이는 짧았다. 서울에는 10층이나 15층짜리도 있었으나 지방의 것들은 보

통 5층밖에 되지 않고, 폭도 좁았다.

대신 아파트 동 사이의 간격은 아주 넓었다. 아파트 동과 동 사이에는 토끼풀이 주로 자라는 풀밭이 크게 있었다. 나무도 많아서 어떤 나무는 5층 높이로 자라기도 했다. 풀밭은 대부분 아무도 관리하는 사람이 없었고 잡초가 무성했다. 철로 된 낮은 울타리는 녹슬고 삭아 중간중간이 다 허물어져 있었고, 아파트와 아파트를 잇는 보도블록은 나무뿌리 때문에 튀어나오거나 깨지거나 하여간에 멀쩡한 것이 드물었다.

아파트 한 동 전체를 바라보면 샤시를 한 집이 많다. 원래는 샤시 없이 베란다가 바로 노출되어 있었지만 점점 샤시를 한 집이 더 많아졌다. 샤시는 요즘의 하얀 PVC 샤시와 달리 대부분

알루미늄이며 어두운 갈색이다. 하나도 빠짐없이 모든 집 베란다에 빨랫줄이 있고 팬티며 수건이며 많은 빨래들이 걸려 있다. 베란다 난간에 두꺼운 솜이불을 말리는 집들도 많다. 베란다에 잔뜩 쌓여 있는 물건들도 잘 보인다. 커다란 훌라후프나 장독도 보인다.

지저분한 광고 스티커가 서너 겹 붙은 아파트 공동 현관문을 열면 반드시 '끼이익' 하는 기분 나쁜 소리가 난다. 무심코 손을 놓으면 기압 차이로 퍽 소리까지 나서 방 안에서도 다 들린다. 요즘 같았으면 '조심히 닫아주세요!' 같은 말을 써서 누가 붙일 법도 한데 그런 것도 없었다. 그냥 언제나 시끄럽게 열렸고 시끄럽게 닫혔다. 강화 유리나 그런 것도 아니라서 아이들이 자전거로 한 번 들이받으면 바로 요란한 소리를 내며 깨지곤 했다. 현관문의 유리가 깨진다고 해서 누가 바로 관리를 하는 것도 아니라서 꽤 오랫동안 바람이 불 때마다 문이 덜컹거리기도 했다.

공동현관으로 들어가면 한여름에도 약간은 서늘하고 습하다. 왼쪽에는 각 세대의 우편함이 있고 그 앞에는 자전거, 세발자전거, 스카이 콩콩 같은 것이 세워져 있다. 지하로 내려가는 계단도 보인다. 지하에는 아무도 살지 않는다. 지하실은 아이들에게 공포의 대상이었다. 거기엔 모든 것이 다 살았다. 괴물도 살고, 미친 사람도 살고, 자살한 처녀귀신도 살고 하여튼 무서운 것은 다 살았다. 애들이 계단을 4개 내려가면 죽는다고 하기에 내려가본 적이 없었다.

1층은 계단을 서너 개 올라가면 나온다. 1층 사람들은 자주 문을 열어놓는다. 1층을 지나갈 때마다 안이 훤히 다 보인다. 마치 남의 집 거실을 통과하는 기분이다. 다른 층 사람들도 문을 자주 열어두어서 뭘 먹는지까지 다 보였다. 하루는 1층 사람들이 아이들 책 스물 몇 권을 한꺼번에 버렸다. 엄마가 나를 주려고 책을 챙기자 그걸 보고 안에서 책을 더 꺼내 주었다. 당시 동네에는 도서관 비슷한 것도 없었고 내가 읽을 책은 언제나 부족했다. 그래서 뭐든 글씨만 적혀 있으면 한참을 잘 봤다.

2층을 올라가는 계단은 다소 좁다. 2층 할머니 할아버지가 아파트 한쪽에 고물을 모으고 있기 때문이다. 32동 바로 옆에는 언덕에 가까운 아주 낮은 산이 있는데 그곳은 아파트 소유가 아니었다. 물론 2층 노부부의 소유도 아니었지만 마치 자기들 땅처럼 거기에 고물로 가건물까지 짓고 오만 것을 다 모아 놓았다.

3층에는 나와 동갑인 남자아이 현이 살았다. 현이도 우리집에 자주 놀러 오고, 나도 현의 집에 자주 놀러 갔다. 공동육아와 비슷한 형태였다. 엄마가 현의 집에 나를 맡긴 적도 많다. 그럼 같이 놀고 밥도 같이 먹었다.

열 살 때인가? 깜빡 잊고 우리집 열쇠를 안 가지고 나온 날이 있었다. 나는 여느 아이들처럼 열쇠에 줄을 달아 목걸이로 차고 다녔는데 그날따라 안 가지고 나온 것이다. 나는 현의 엄마에게 "열쇠 없어서 집에 못 들어가요. 열쇠 좀 빌려주세요"라고 했다. 현이 엄마는 처음엔 무슨 말인지 전혀 못 알아들었다. 내가 재차 열쇠를 빌려달라고 하자 세상 황당한 얼굴로 "우리 집 열쇠로 느그 집 문 못 연다"라고 했지만 나는 계속 "금방 열고 갖다 줄게요" 하며 졸랐다. 아줌마가 왜 열쇠를 안 빌려주는지 이해를 할 수가 없었다. 세상에 열쇠란 것은 단 하나뿐인 줄 알았던 거다.

4층으로 올라가면 우리 집이다. 문에는 광고 스티커가 전혀 붙어 있지 않다. 이런 집은 이 아파트에서 매우 드물었는데 하나라도 붙으면 엄마 아빠가 목숨을 걸고 뗀 덕분이다. 문에는 출석 교회 표식이 있는 것이 다. 문 옆에는 이제 쓰지 않는 연탄구가 있다. 7살 정도까지 연탄을 땠다. 기름 보일러를 들인 후에는 연탄구엔 잡동사니가 들어 있었다. 아파트 전체에서 연탄을 때는 집도 몇 군데 있어 현관 옆에는 언제나 다 쓴 연탄이 쌓여 있곤 했다.

5층으로 올라가는 계단 중간부터는 신발이 빼곡히 놓여 있다.

5층 사람들은 계단을 아예 신발장으로 썼고, 복도에 장판을 깔아 거긴 맨발로 다녔다. 5층 사람들도 문을 항상 열어놓는 것은 매한가지였고 애들은 장판을 깐 복도에서 하루 종일 놀았다. 그 소리는 당연히 복도 전체에 울렸으나 아무도 화를 내는 사람이 없었다.

5층에 사는 부부는 자주 싸웠다. 일주일에 몇 번씩 서로 소리를 지르며 싸우곤 했다. 엄마 아빠 말로는 부인이 남편을 주로 두들겨 팼다고 한다. 그러다가 물건을 집어던지면 계단을 굴러와 우리 집 문까지 때리곤 했다. 5층에서 던진 밥통이 3층까지 굴러간 적도 있다. 그렇게 싸워 놓고 다음 날이면 서로 팔짱을 끼고 '헤헤'거리며 놀러 다녔다는 게 기가 막힌 일이다.

주공아파트는 개별 공간이 각각 주어진 거대한 셰어하우스에 가까웠다. 모든 냄새와 모든 소리, 모든 아이들이 공유되었다. 어느 집에서 뭘 해 먹는지 냄새와 소리로 다 알 수 있었다. 누구랄 것도 없이 주방에선 늘 생선을 구웠고 복도는 된장과 생선의 콜라보가 만들어내는 온갖 불쾌한 냄새로 가득했다. 아이들은 1층 계단에서 쩌렁쩌렁 "엄마!"를 불렀고, 엄마들은 문만 열고 "왜!!" 하며 큰 소리로 대답했다.

난 엄마 아빠가 없으면 전축을 최대 음향으로 틀어놓고 발광을 하며 춤을 추곤 했다. 그래도 누가 올라와 뭐라는 사람이 없었다. 우리가 민폐를 끼치는 만큼 남도 우리에게 민폐를 끼쳤기 때문이다.

환호아파트 사람들은 경계선 없이 서로가 서로에게 민폐를 끼치고 넘나들었다. 그때의 우리 모두는 따로 살았으나 또 동시에 같이 살았던 것이 분명하다.

종이인형 원정대

"많은 종이인형을 가지고 있었는데도
더 갖고 싶었다."

나는 종이인형을 정말 좋아했다. 내 또래 여자애들이 거의 그랬듯이 말이다. 가로가 50센티가 넘는 커다란 마분지에 컬러 인쇄된 종이인형을 거의 매일 오렸다.

네다섯 살 때부터였나? 종이인형을 갖고 놀던 초반엔 엄마가 대부분 오려주고, 나는 소품이나 꽃과 같이 망쳐도 되는 것을 오렸다. 좀 익숙해진 후에는 엄마가 인형만 오려주고, 나는 옷을 오렸다. 일곱 살 때부터는 전체 한 장을 제법 잘 오렸다고 한다.

다른 장난감은 새로운 것을 갖고 싶다고 해서 가질 수 있는 것이 아니었지만 종이인형만은 무제한으로 가질 수 있었다. 8절

스케치북만 한 종이인형이 한 장에 50원이고, 4절 크기의 커다란 종이인형도 한 장에 100원밖에 안 했기 때문이다. 엄마는 가위로 종이인형 오리는 것이 뇌 발달에 아주 좋다고 생각해서 종이인형을 자주 사주고 같이 놀아주었다. 나의 손재주는 다 모친의 현명함 덕분이다.

그 당시 종이인형은 정말 현란했다. 얼굴의 반을 차지하는 커다란 눈은 모두 파란색이었고 머리는 금발 아니면 오렌지색이었다. 옷은 모두 색깔이 달랐다. 빨간 블라우스에 파란 레이스 치마, 어깨가 커다랗게 부푼 보라색 드레스, 구두는 빨간색이었다. 멜빵바지 같은 일상복도 약간 들어 있었다. 가끔 한복도 들어 있었는데 팔레트에 있는 색을 다 갖다 쓴 듯한 총체적 난국이었다.

화려한 머리와 옷과 달리 인형들의 포즈는 모두 다소곳했다. 모두 부드러운 눈빛에 다정한 웃음을 짓고 있었고, 손은 앞으로 모으거나 한쪽으로 들어올렸다. 다리 역시 모으거나 옆으로 살짝 구부렸다. 어른의 눈에는 조잡하고 우스웠겠지만 일곱 살 아이의 눈에는 그렇게 예쁠 수가 없었다.

나는 종이박스 가득 종이인형을 가지고 있었다. 그렇게 많은 종이인형을 가지고 있었는데도 더 갖고 싶었다. 어릴 때부터 나는 장난감에 대한 탐욕이 상상을 초월했다. 얼마나 탐욕이 심했는지 동네 문구점의 종이인형을 몽땅 다 사서 오렸다. 엄마가 더 사준대도 이젠 새로운 종이인형이 없어서 못 사는 지경에 이르자 이웃 동네로 원정을 떠나기까지 했다. 7살짜리가 버스정류장에서 버스를 잡아타고 두 정거장 떨어져 있는 옆 동네로 종이 인형을 사러 간 것이다.

아직도 그때의 기억이 선명하다. 버스기사 아저씨는 나를 보고 "꼬마야, 니 타나? 어데 가노"라고 물었고 나는 "명지탕 앞이요"라고 했다. 아저씨는 어이없어 하면서 타라고 했다. 내가 동

전을 내밀자 아저씨는 "니 학교 다니나" 했고, 고개를 젓자 "그럼 공짜다" 하며 자리에 앉으라고 했다.

나는 탄 곳에서 딱 두 정거장 지나 버스에서 내렸다. "잘 가레이, 꼬마야!" 버스가 지나가고 나서 신호등을 기다려 4차선 길을 건넜고 명지탕 앞으로 갔다.

나의 최종 목적지는 명지탕이 아니었다. 명지탕 바로 옆에 있는 명지 슈퍼였다. 나는 엄마와 버스를 타고 명지탕에 자주 다녔는데, 그때 아마 명지 슈퍼에서 새 종이인형을 봤던 것 같다. 그리고 "저거 내한테 없는 거다" 하면서 사달라고 했을 것이다. 막 목욕을 마치고 나서 축축한 목욕 바구니도 들고 있고, 머리도 완전히 마르지 않았을 텐데…. 그러거나 말거나. 엄마는 "동네에서 사줄게" 했을 것이고 나는 아마 '동네에 저거 없는데…. 나중에 혼자 와서 사야지' 한 모양이다.

용맹하게 혼자 쳐들어간 명지 슈퍼에는 내가 못 본 종이인형도 많고 가격도 우리 동네보다 비쌌다. 우리 동네 슈퍼에는 50원짜리 작은 사이즈 종이인형이 대부분이었는데 옆 동네에는 크기가 큰 종이인형도 많이 팔았다. 물론 100원을 넘는 것은 없었다.

나는 100원을 주고 종이인형을 샀고, 가게 아줌마는 종이인형을 돌돌 말아 고무줄을 끼워줬다. 나는 그것을 한 손에 꼭 들고

집까지 걸어서 갔다. 지금 지도에서 보니 약 2km의 거리다. 당연히 일곱 살이 걸어가는 게 쉽지는 않았다. 내 인생 최초의 모험이라 할 만하다.

나는 엄마와 다니던 기억을 되살려 집으로 오는 도로를 따라 열심히 걸었다. 그런데 가는 중간에 도로가 끊겨 있었다. 그림에서처럼 산의 중간을 허물어 도로를 냈다. 산사태를 막기 위해, 잘려진 산의 단면에는 철심을 박고 콘크리트를 부어 만든 비스듬한 인공 벽이 있었다. 조심스럽게 경사에 올라 줄을 따라 걸어가는데 아래로 차가 쌩쌩 달리는 도로가 보였다. 손을 놓치고 떨어지면 어른도 즉사할 높이였다. 나는 한 걸음 한 걸음 조심스럽게 움직였다. 한 손에 돌돌 말린 종이인형을 들었기 때문에 양손이 자유롭지 않았다. 떨어져 죽는 것보다 종이인형을 놓치는 것

이 더 무서웠다. 손에 꼭 쥔 종이인형은 점점 구겨지고 있었다.

그렇게 산을 넘고 힘들게 걸어 집까지 왔다. 대략 2시간은 걸린 것 같다. 엄마는 1988년에 있었던 이 사건을 2020년에서야 알고 뒤늦게 기절할 뻔했다. 음, 이래서 애를 혼자 두면 안 되나 보다.

이렇게 힘들게 사왔던 종이인형인 만큼 나는 열심히 잘도 가지고 놀았다. 종이인형에 하나하나 이름을 지었고, 뒷면에 볼펜으로 이름을 써 놨다. 너무 가지고 놀아 목이 끊어지려 하면 테이프로 잘 고정해주었다.

고등학교에 올라가서는 종이인형을 직접 만들기도 했다. 이땐 나름 발전된 기술로 코팅까지 해 더 갖고 놀기 쉽게 만들었다. 세일러문, 웨딩 피치, 신윤복 한복 등의 코스튬까지 만들었다. 다른 반에서까지 구경하러 놀러 오곤 했다.

요즘도 나는 종이인형을 좋아해 수집용으로 나온 종이 인형을 가끔 산다. 하지만 오리진 않는다. 슬프게도 눈이 너무 잘 피로해지기 때문이다. 그림 그리는 일과 컴퓨터로 수정하는 일을 많이 하기 때문에 눈을 최대한 아껴야 한다. 대신 종이인형을 보관하고 감상한다. 어른이라 상상으로 종이인형의 옷을 입힐 수 있다.

어릴 때는 이런 어른이 있을 거라곤 상상도 하지 못했다. 어른은 종이인형을 갖고 놀지 않는 거라 생각했다. 물론, 2021년의 어른 이다는 종이인형을 아이처럼 오리고 자르며 갖고 놀지는 않는다. 단지 수집할 뿐이다. 어른의 놀이는 어릴 때 가지고 놀았던 종이인형을 완벽한 형태로 모으고, 예전 기억을 떠올리는 것으로도 충분히 만족감을 느끼는 것이다. 1988년의 이다는 절대 이해하지 못할 이상한 어른이다.

똥 싼 아이

"똥은 들키지만 않으면 되는 것!"

누구나 자신만의 똥 싼 경험이 있다. 누구나 한 번은 똥 싸보았고, 누구나 한 번은 남의 똥 싼 얘기에 즐거워한 적이 있다. 어떤 사람은 어릴 때 그랬을 수도 있고, 또 어떤 사람은 어른이 되어 그랬을 수도 있다. 우리는 창피할 것을 알면서도 똥 싼 경험을 이야기하고, 역겨울 것을 알면서도 남의 똥 싼 얘기를 읽는다. 여기서 나라고 빠질 수 있나.

5살 때 나는 포항에 있는 순복음 교회에서 운영하는 어린이 선교원에 다녔다. 그날은 선교원 원생 모두가 버스를 타고 단체로 현장 학습을 다녀오던 길이었다. 나는 남자 짝꿍과 함께 버스

를 타고 있었다. 의자는 컸고 발이 닿지 않던 것이 생각난다.

어느 순간부터 배가 살살 아프더니 똥이 마려웠다.

정말 마려웠다. 버스를 타기 전에 화장실을 다녀왔었어야 했
는데! 그런 걸 알면 5살이 아니지. 나는 몇 개 없는 유치를 악물
고 작은 주먹을 꼭 쥐고 필사적으로 참았다. 선생님이 단단히 매
준 안전벨트가 배를 파고들어 더 괴로웠다.

지금이라면 참을 수 있었을 것이다. 하지만 5살의 미성숙한
괄약근은 아직 그런 큰 고통을 버틸 수 없다. 제 아무리 똥오줌
을 가릴 줄 아는 아이라고 해도 말이다. 나는 양쪽 엉덩이에 힘

을 주고, 허벅지를 모아 최대한 똥꼬를 잠그려 했다. 하지만 그것도 잠깐. 차가 덜컹하고 움직인 순간, 똥이 "안녕?" 하고 조금 나와버렸다.

나는 입을 꾹 다물고 아무 일도 없는 척했다. 그런데 아이들이 어느새 웅성대기 시작했다.

"똥 냄새 난다."

"누가 똥 쌌노."

"선생님 냄새나요."

수군거리는 소리는 점점 더 커져갔다. 나는 혼자 아무 말도 하지 않았다. 똥은 아직도 삐질삐질 나오고 있었다. 하지만 나는 진땀을 흘리며 계속 참았다.

선생님이 버스 복도에서 아이들을 달래며 누가 실수했냐고 물었다. 몇 명이 나를 쳐다봤지만 나는 절대 입을 열지 않았다. "선생니임…. 엉엉엉." 어떤 아이가 울음을 터뜨렸다. 아니 울고 싶은 건 나인데 똥도 안 싼 그들이 대체 왜 우는 것이지? 선교원 버스 안은 아이들의 징징거리고 우는 소리로 가득 찼다. 너무너무 수치스러웠다.

'나는 애기가 아닌데, 다섯 살인데, 선교원 학생인데…. 똥을 싸다니 있을 수가 없는 일이야.'

내가 똥 싼 것을 들키면 모두가 나를 놀리고 망신 줄 것만 같았다.

'선생님도 나를 경멸의 시선으로 보겠지! 엄마 아빠한테 알릴지도 몰라!'

나는 끝까지 아닌 걸로 하기로 했다. 내 옆의 짝꿍은 노골적으로 코를 막았다. 그리고 "이다 니 똥 쌌제?" 하고 추궁했지만 나는 단호히 고개를 저었다. 선생님도 냄새의 근원을 따라 결국 나를 찾아냈지만 나의 입을 열 수는 없었다.

나는 꾹 참으며 창밖의 풍경에 집중했다. 이미 망했지만 더 이상 망할 순 없었다. 아직도 그날의 풍경이 떠오른다. 해는 졌고 밤이었다. 버스는 포항 순복음 교회를 지나고 있었다. 집이었던

환호아파트까지는 아직도 버스로 30여 분 남은 거리였다.

"안녕, 잘 가!"

"안녕히 계세요!"

버스는 아이들을 하나하나 동네에 내려줬다. 내 차례는 영원히 오지 않았다. 영겁 같은 시간이 흐르고, 나는 버스에 혼자 남았다.

"이다야, 내리자."

마침내 죽음의 위기를 넘어 난 집에 도착했다.

"엄마아아아아~."

집에 도착하는 순간 엉엉 울음을 터뜨렸다. 서러움이 모두 터져 나왔다. 정말 너무 힘든 여정이었다.

엄마가 아랫도리를 벗겨보니, 완전히 납작해진 동전 같은 똥이 팬티에서 또르르 굴러 나왔다. 그 이상은 없었다. 인간 승리, 아니 어린이 승리였다. 나는 내 최선을 다해 똥을 막았던 것이었다.

내 상상 속에서 "니 왜 똥 쌌노! 니가 얼라가!" 하면서 화를 내던 엄마는 없었다. 엄마는 오히려 그날의 일을 크게 칭찬해줬다. 보통 애들 같았으면 울음을 터뜨렸을 것인데 그걸 울지 않고 참은 것이 대단하고 똑똑하다는 것이었다.

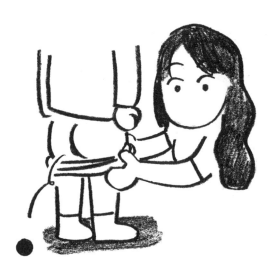

맞는 말이다. 똥은 쌀 수도 있다. 다만 들키지만 않으면 되는
것이다.

초가삼간

"이불을 들추면 밥그릇도 있고
콩나물시루도 있었다."

　1982년. 26살의 정바른 씨와 27살의 김그린 씨가 결혼해 나를 낳았다.

　나의 아빠인 정바른 씨와 엄마 김그린 씨는 당시 포항의 코딱지만 한 단칸방에 살고 있었다. 그러다 나를 낳고 김그린씨는 다시 일을 해야 했기 때문에 포항시 영일군 중산리의 시가로 들어가게 됐다. 시가, 즉 나의 할머니 집은 전기가 들어온 지 얼마 되지 않은 초가삼간이었다.

　초가삼간, 말만 들어봤지 어떻게 생긴지 모르는 사람이 대부분일 것이다. 초가라는 것은 볏짚을 엮어 올린 지붕을 말한다.

벼를 키우면 볏짚이 자동으로 생기기 때문에 노동력만 있으면 무료로 올릴 수 있는 지붕이었다. 물론 70년대 중반 새마을 운동 시기에 대부분의 초가는 함석지붕으로 바뀌었다. 중산리의 할머니집 지붕도 다 삭은 함석지붕이었다.

삼간(三間)이라는 것은 '삼칸'을 한자로 옮긴 말이다. 한옥에서 한 칸은 1미터 80센티 정도이고, 가로 세로가 1미터 80센티미터인 공간으로 1평이라고 한다. (1평은 3.3제곱미터) 그러니 삼간이란 것은 한 평짜리 방이 총 3개라는 소리다. 한마디로 코딱지만 한 집을 가리켜 초가삼간이라 한다.

이 초가삼간이 내가 어릴 때 자란 곳이다. 나의 정서적 고향이라고도 할 수 있다. 요즘도 이 초가삼간이 꿈에 나온다. 나는 생명이 위급할 때 이리로 도망치곤 한다. 엄마의 기억은 정반대이다. 이 초가삼간을 끔찍한 곳으로 기억한다. 우리 아빠 역시 정말 불편했던 곳으로 기억한다. 친척들도 전부 지긋지긋해한다. 한마디로 애만 좋았다는 소리다.

초가삼간은 초라했지만 옛날에는 마을 훈장이 살았던 서당이었다. 할배는 그것을 나름 자랑스럽게 생각했다. 원래 할배와 할매, 그리고 그의 식솔들은 문경에서 태어나고 살았다. 그러다 포항에 제철소가 들어서게 되며 많은 일꾼이 필요했고, 할배도 일

자리를 찾아 포항으로 이주한 것이다.

할배 패밀리, 즉 나의 친가는 찢어지게 가난했기 때문에 제철소에서 한참이나 떨어진 중산리에 있는 초가삼간에, 그것도 그중 한 칸에 세를 들어 살게 되었다. 지금으로선 상상도 안 가는 일이다. 그 와중에 애도 7명이나 있었다. 장남인 나의 아빠와 엄마가 결혼하려 할 때 막내 고모는 아직 학교도 안 들어간 애기였다. 그러다 서울에 간 첫째 고모가 번 20만 원을 주고 초가삼간을 산 것이다.

초가삼간의 구조는 이렇다. 일단 일렬로 정지, 방1, 방2(광),

방3이 있다. 정지는 일종의 야외 주방이다.

겨울엔 냉동고같이 춥고 여름엔 한증막같이 덥다. 나무문이 달려 있고 지붕이 있는 실내이나, 신발을 신고 들어가는 흙바닥 이다. 나무문은 잘 닫히지 않는다. 앞뒤로 다 문이 있다. 정지는 언제 들어가도 어두컴컴하다. 어디에 뭐가 있는지 잘 안 보인다. 방과 마주 닿아 있는 벽에는 아궁이가 있다.

아궁이는 3개가 있는데 세 번째 아궁이 옆의 벽에는 작은 쪽 문이 있다. 60센티 정도밖에 안 되는 문이어서 보통 이쪽으론 잘 다니지 않았다. 쪽문은 방1과 통한다.

방 1, 2, 3은 아궁이보다 높은 곳에 위치해 있다. 온돌 때문에 아궁이가 있는 것이니 당연하다. 방 1, 2, 3에 가려면 마루에 올 라가야 한다. 할매집의 툇마루는 마루라고 하기 민망할 정도로

좁고 작다. 성인이 다닐 때는 허리를 숙여야 한다. 방1 앞에는 빗자루와 스테인리스 요강이 있다. 밤에는 다들 요강을 사용했다.

문을 열고 방1에 들어가면 방 전체를 바로 볼 수 있다. 정말 좁고 작기 때문이다. 방 왼쪽 벽에는 못에 옷이 주욱 걸려 있다. 사람이 앉으면 옷이 머리에 닿는다.

방에는 이불이 항상 깔려 있다. 온돌방의 온도를 지키기 위해서다. 이불을 들추면 밥그릇도 있고 콩나물시루도 있었다. 이집에는 사람도 콩나물처럼 들어 있고, 콩나물도 사람처럼 들어 있었다.

입구 맞은편에는 작은 쪽문이 있어 사람이 드나들 수 있다. 할배는 이 문을 열고 침을 뱉곤 했다. 쪽문 옆에는 3단짜리 작은 서랍이 하나 있고, 그 위에는 브라운관 텔레비전이 있다. 텔레비전은 정사각형이다. 위엔 안테나가 달려 있는데 절대 건드리면 안 된다. 촌이라 방송이 잘 나오지 않기 때문에 안테나를 정말 섬세하게 움직여야 한다.

텔레비전 앞에는 노란색 전화기가 한 대 있고, 옆에는 불룩한 전화번호부와 필기구가 굴러다닌다. 할배의 담배와 재떨이도 있다. 이 공간은 '가장', 할배의 전용 공간이었다. 아랫목이라 따끈하다 못해 뜨거웠다. 할배는 내가 오면 항상 거기에 앉길 원했지만 나는 할배의 담배 냄새 때문에 썩 내키지 않았다.

텔레비전이 놓여 있는 벽 옆에는 방2로 통하는 문이 있다. 이 문은 성인이 드나들 수 있는 크기이다. 그 옆에는 천으로 된 옷장이 하나 있다. 당시 이 옷장의 이름은 비키니 옷장이라고 불렸다. 겉면은 반들반들하고 알롱달롱한 비닐이고 속은 비닐섬유로 합성된 요상한 옷장이었다. 지퍼를 열고 안에서 옷을 꺼낸다. 이 옷장 안에 할매, 할배와 어린 고모 두 명의 옷이 다 있었다. 지금이면 상상도 못할 일이다.

방2는 거의 광으로 쓰이고 있었고 사람이 자지 않았다. 불을 때지 않아서 항상 서늘했다. 들어가면 약간 오싹한 기분이 든다. 어두워서 잘 보이지 않는다. 안에는 수확한 콩도 있고 말린 메주도 있다. 여러 물건이 보관되어 있는데 주로 먹을 것들이다. 중산 할매 집에는 가구랄 것이 없었는데, 사실 그건 옛날 집이라면 다 그랬다.

세 번째 방으로 가면 거기가 아빠, 엄마, 내가 쓰던 방이다. 하지만 아빠는 주중에는 서울에 있는 신학교에 다녔기 때문에 실제로는 엄마와 나만 쓰던 방이었다. 엄마는 시집오고 나서 남편도 없는 방에서 나를 돌보며 많이 울었을 것이다. 아빠는 주말이나 방학에만 내려왔고 나는 아빠와 친하지 않았다.

세 번째 방은 우리 가족이 분가하고 나서는 고모들 방으로 쓰였다. 이 방에 들어가면 첫 번째 방과 거리가 상당히 멀어져 프라이버시가 보호되는 기분이다. 세 번째 방 벽에는 다락이 있었는데 나는 여기를 정말 좋아했다. 할매, 엄마, 고모들이 먼지 구덩이라고 들어가지 좀 말라고 혼을 냈지만 맨날 들어갔다. 들어가서 무슨 일을 하는 것도 아닌데 그냥 즐거웠다.

바닥에는 이불이 고이 개어 포개져 있다. 이불은 엄마가 시집 오며 갖고 온 것이라 새것이었다. 엄마는 이불이 방 안에 널브러져 아무나 밟고 다니는 것을 정말 싫어했다. 그래서 일어나자마

자 이불부터 갰다.

나는 엄마가 개 놓은 이불 더미 위에 다이빙을 하고 거기 눕고 허우적거렸다. 그럼 이불은 도로 방바닥에 다 펴졌다. 이 짓을 하루에도 몇 번을 반복했으니 내가 엄마라면 미쳐버렸을 것이다. 이불 더미 위에 올라가 무작정 뛰어내리기도 했다. 아래에 있는 사람은 그걸 무조건 받아줘야 했다. 나의 끈질김은 놀라울 정도라 이제 좀 그만하라고 머리를 쥐어박혀야 겨우 그만했다.

방3에도 바깥쪽으로 쪽문이 있었다. 이 문을 열면 옆집과의 경계에 심어진 대나무들이 보인다. 대나무는 빽빽하게 심어져 있다. 바닥의 흙은 언제나 젖어 있었고 어디선가 물이 졸졸 흘렀다. 쪽문으로 나가 집 뒤쪽으로 돌아보면 내가 어릴 때 쓰던 유모차며 겨울에 쓰려고 패 놓은 장작 같은 것이 있다. 언제나 어둡고 습해서 뒤뜰에는 이끼가 가득했다.

초가삼간에는 담도 없고 입구도 없었다. 나가면 그냥 입구였다. 바닥도 요즘처럼 포장되어 있지 않았다. 비가 오면 진흙이 푹푹 빠지고 마당에 물이 고였다. 별다른 세면 시설도 당연히 없었다. 모든 사람들은 마당에 있는 수돗가에서 찬물로 씻었고, 설거지도 했다. 목욕을 할 일이 있으면 목욕탕에 가거나 부엌에 있는 큰 다라이에 뜨거운 물을 받아 몸을 씻었다.

초가삼간은 내가 국민학교 4학년 때 부수고 새로 지었다. 나만 제외하고 모두가 좋아하고 후련해했다. 마당 바닥은 시멘트로 말끔히 단장했고 집은 벽돌로 지어졌다. 화장실과 부엌도 실내로 들어왔다. 나는 그때에도 아쉬워하며 초가삼간을 오래 기억하기 위해 몹시 애썼다. 아무 노동이 없는 어린아이였기 때문에 가능한 일이었을 것이다. 원래 자신의 노동이 들어 있지 않으면 좋은 추억만 남기 마련이다.

지금도 나는 초가삼간을 원고로 쓰면서 좋아하고 있다. 어린 시절의 고생은 부모에게는 고통이고 아이에겐 즐거움, 또는 미래의 소재가 되는 모양이다.

정지와 아궁이

"내가 아궁이에 불 붙여본 어린이다. 이거야."

나는 성냥으로 아궁이에 불을 붙일 줄 안다. 그것도 10살 때부터 할 줄 알았다. 초가삼간의 정지에서 배운 것이다. 요즘은 아무 쓸모없는 지식이지만 나는 그냥 뿌듯해한다.

잠깐, 뭘 정지한다는 것인가. 정지란 stop이 아니라 일종의 야외 주방을 가리키는 사투리다. 문이 달려 있고 지붕이 있는 실내인데, 신발을 신고 들어간다. 나무문은 뻑뻑해 잘 닫히지 않는다. 정지는 앞뒤로 문이 두 개 있다.

문으로 들어가면 언제나 어두컴컴하다. 어디에 뭐가 있는지 잘 안 보인다. 방과 마주 닿아 있는 벽에는 아궁이가 있다. 아궁

이는 3개, 솥은 2개이다. 아궁이에 불을 땔 때 솥을 달구고 방도 데우기 때문에 식사 때가 아니라도 아궁이엔 항상 불이 붙어 있다. 아니, 불이 들어 있다고 한다.

아궁이의 반대편에는 부서지기 직전인 찬장이 있다. 찬장 안엔 먼지가 그득하다. 그릇이 들어 있긴 한데, 쓸 수 있는지 잘 모를 정도로 낡았다. 찬장 옆에는 장작과 지푸라기, 신문지 같은 것이 있다. 아궁이에 불을 붙일 때 쓰는 것이다.

아궁이에 불을 때본 어린이는 세기말에도 흔치 않았다. "내가 아궁이에 불 붙여본 어린이다. 이거야" 하며 으스대기 딱이었다. 나는 불도 꽤 잘 붙였다. 일단 아궁이에 불을 붙이려면 긴 나무 작대기로 아궁이 속 재를 뒤집어 공기를 넣어준다. 그리고 지푸라기와 신문지 같은 것을 불쏘시개로 넣고. 장작이 부족하면 장작도 넣어준다. 장작을 넣을 때는 물기가 없는 잘 마른 것을 넣어야 한다.

다 찌그러진 유엔 성냥을 꺼내 불을 붙인다. 성냥은 자꾸 부러져서 한 번에 잘 되지 않는다. 중요한 것은 각도와 단호함이다. 탁! 성냥에 불이 생기면 신문지에 불을 옮겨 쥐고 아궁이로 던져 넣는다. 이때가 중요하다. 아궁이 안에 있는 불쏘시개에 불이 잘 옮겨붙도록 위치를 잘 봐준다. 재를 뒤적거려 불에 재를 끼얹지 않도록 주의해야 한다.

나는 아궁이를 정말 좋아했다. 아궁이에서 불이 타닥거리며

타오르는 것을 영원히 볼 수 있을 것 같았다. 불은 정말 신기하
다. 불은 마치 물처럼 흐른다. 하늘을 향해 솟구치는 빨간 물 같
다. 불은 계속 모습을 바꾼다. 계속 쳐다보면 홀리는 기분이다.
새빨간 색에서 노을 같은 주황색으로 계속 변해 가는데 나중엔
흰색과 검은색도 눈앞에 번갈아가며 나타난다. 나는 이 모습을
보려고 아궁이 앞에 한 시간씩 앉아 있기도 했다. 그럼 그때쯤
할매가 나타나 "니 뭐하노" 한다.

　아궁이 재 속에 고구마나 감자를 넣어 구워 먹기도 했는데 그
게 얼마나 맛있었는지 모른다. 불에 굽는 게 아니라 재 속에서
익히는 것이다. 시커멓게 타버린 껍질에서 재를 털어내고 반으

로 갈라보면 샛노란 고구마 속이 드러난다. 음, 지금도 그 맛이 떠오른다. 달콤하고 부드럽다. 그리고 재 맛도 나는 것 같다.

원래는 아궁이 위의 솥뚜껑을 뒤집어 전을 부친다거나 볶음을 한다거나 했지만 석유 풍로를 들여온 이후에는 풍로가 가스레인지 역할을 했다. 계란프라이도 하고 라면도 끓이고 모든 걸 다했다.

중산의 초가삼간에서 아궁이를 좋아하는 건 나 하나뿐이었다. 모두가 지긋지긋해했다. 불이 꺼지지는 않았는지, 장작은 충분히 있는지 하나하나 다 살펴야 했다. 연기도 엄청 나 아궁이 앞에서 쿨럭거리며 쭈그려 앉아 있어야 하기도 했다. 1992년에 초가삼간을 허물고 집을 새로 지으면서 아궁이는 신식 주방으로 바뀌었다.

나는 아직도 그 아궁이를 그리워한다. 아궁이에 불을 피우고 그 앞에서 한참 멍을 때리며 불을 쬐고 싶다. '불이 나면 어떡하지?' 하는 염려는 내려놓고 유엔 성냥으로 불을 켜고 싶다. 이 욕망이 거세지면 나는 '자연인'이 될지도 모른다. 하지만 지금은 유튜브로 벽난로 영상을 보며 참기로 한다.

32동 401호

"가난하지만 행복한 가족의 전형적인 집"

이제껏 스무 번 넘게 이사를 하면서 수많은 주소가 나를 스쳐 갔다. 초가삼간, 아파트, 상가 건물, 교회 사택, 단칸방 하숙, 기숙사, 고시원, 원룸, 옥탑방 등 다양한 형태의 집에 살아보았다. 그 모든 집엔 당연히 주소가 있었다. 이젠 동 이름도, 번지도 희미하지만 결코 잊을 수 없는 집이 있다. 내가 다섯 살에서 열두 살까지 살았던 환호 주공아파트 32동의 401호다.

환호 주공아파트 32동의 첫 번째 라인 좁은 계단을 네 번 돌아 올라가면 우리 집 401호다. 계단과 복도는 두 사람이 서 있기도 벅차게 좁다. 천장도 낮아서 키가 큰 사람은 불편함을 느낄 정도다.

401호의 입구인 회색 철문에는 자물쇠가 두 개 있다. 하나는 새로 단 자물쇠이고 하나는 손잡이에 달린 열쇠이다. 열쇠 2개를 사용해 자물쇠와 손잡이를 다 열고 들어간다. 안에서 다시 자물쇠와 손잡이의 문을 각각 잠그고 안전 걸쇠도 걸어둔다.

문을 닫고 집으로 들어가면 마치 한옥처럼 아래에 신발을 벗어 놓고 문지방 올라가듯 한 단 위로 올라가게 된다. 원래 연탄 난방을 하던 아파트라 그런 것이다. 신발을 신을 때 입구에 걸터 앉을 수 있어 편했다.

대문을 열자마자 바로 부엌 냉장고가 보일 정도로 좁은 집이다. 딱 10평이었고 실평수는 8.9평이었다. 원룸 하나 정도밖에 안 되는 크기다. 바로 보이는 부엌의 하얗고 작은 냉장고엔 자석과 편지가 이것저것 붙어 있고 그 위에는 잎이 무성한 스킨답서스 화분이 있다. 잎이 사방으로 길게 뻗어 마치 담쟁이 넝쿨 같다.

현관 옆에는 보르네오 원목 5층장이 있다. 요즘에는 잘 쓰지 않는 무거운 서랍장이다. 예전의 서랍장들은 모두 끔찍하게 무거웠는데 사람들은 이걸 잘도 엘리베이터도 없는 아파트에 넣고 살았다. 서랍은 총 다섯 개인데 칸마다 잘 정돈되어 있다. 위에서 첫째 칸은 엄마, 둘째 칸은 아빠, 손이 잘 닿는 셋째 칸은 내 것이

다. 넷째와 다섯째는 공동 물건과 수건 등이 있었던 것 같다.

5층장 위에는 교자상과 나무로 된 팔각 접시가 층층이 올려져 있다. 손님이 오면 팔각 접시에 한과나 과일을 담아 내놓는다. 옆에는 교회에서 받은 '사랑의 빵 저금통'도 있다. 사랑의 빵 저금통은 밑을 열 수 있어 국민학교 3학년 때 여기서 한 푼 두 푼 꺼내다 만 원 가까이 훔쳐냈다. 엄마가 어느 날 저금통을 들어보니 거의 비어 있어 결국 들켰다. 그날 나는 종아리에 멍이 들게 맞았다.

5층장 옆에는 화장실 문이 있다. 화장실 역시 아주 좁다. 화장실은 현관처럼 한 단 아래로 내려가야 한다. 문 옆에 사람 하나가 겨우 서 있을 만한 공간에 세면대와 거울이 있다. 옆에도 변기 하나가 겨우 들어갈 공간이 있고 변기는 문을 바라보고 있다. 변기 위 벽은 기울어 있어 잘못하면 부딪힌다.

거실이라 하기에 민망한 거실에 1인용 소파가 하나 있다. 이 소파 역시 보르네오 것으로 상당히 좋은 물건이었다. 아빠가 주로 여기에 앉았다. 가장이기도 했고, 다리가 불편해서 바닥에 앉는 것이 힘들었기 때문이다. 나는 여기에 풀쩍풀쩍 뛰기도 했고, 눕기도 했다. 아빠가 기도할 때는 등에 기어 올라가기도 했다고 한다. 이 소파는 집을 옮겨서도 다 떨어질 때까지 쓰였다. 아빠는 지금까지도 이 소파가 가장 편했다고 말한다.

거실과 안방은 거의 하나다. 원래는 벽이 있었는데 벽을 부수고 미닫이문을 달았다. 환호아파트 사람들은 이런 리모델링을 많이 했다. 투명 문에는 격자가 있었다. 한옥 같은 느낌이다. 미닫이문 덕분에 남쪽의 베란다에서 들어오는 빛이 안쪽까지 들어온다. 미닫이문은 낮엔 언제나 열려 있고 밤엔 닫혀 있다. 거실과 안방 가운데에는 미닫이문의 문지방이 있는데 여기 앉으면 혼났다.

"문지방에 앉는 거 아니다!"

안방은 작지만 잘 꾸며 놓았다. 집은 항상 잘 정돈되어 있고 깨끗했다. 엄마와 아빠는 둘 다 깔끔한 성격이라 방비로 아침저녁 쓸고, 걸레로 닦았다.

안방 오른쪽 벽에는 유리문이 달린 큰 책장이 두 개 있고 책이 가득하다. 책이 많아서 어떤 곳은 책이 앞뒤로 꽂혀 있다. 투명 문 안에는 수석도 있고 외국 선교사님이 선물한 특산품도 있다. 책은 대부분 아빠가 보는 성경 주석이다. 전집이 많아 멋지다.

책장 앞 한구석에는 컴퓨터 책상이 있다. 컴퓨터 책상은 철로 되어 있다. 요즘엔 찾아볼 수 없는 디자인이다. 컴퓨터는 처음엔 286이었고 나중엔 486으로 바뀌었다. 처음엔 들어가서 c:을 쳤다. 윈도우로 바뀐 것은 여기서 한참 후의 일이다. 한컴 타자연습 외에는 어린이가 딱히 할 것도 없었다. '너구리'라는 컴퓨터 게임이 있었는데 엄마가 거의 못 하게 했다. 레벨 8에서 깨지 못한 부분이 아직도 아쉬워 눈앞에 어른거린다.

베란다로 통하는 투명 미닫이문에는 커튼이 걸려 있다. 그 앞에 큰 전축이 있고 전축 위에 텔레비전이 있었다. 나중에는 비디오 플레이어도 생겼다. 생활 수준에 비해 비싼 전축은 엄마 아빠의 자랑이었다. 집에는 LP와 CD가 많았다. 혼자 있을 때 자주 전축을 틀고 들었다. 이걸로 라디오도 듣고 테이프도 재생했다. 내 전용의 작은 라디오가 있어 나는 주로 그걸 썼다.

　전축 옆 벽에는 전신 거울이 하나 걸려 있고 그 앞바닥에는 이불과 요가 접혀 있다. 그 위에는 아빠와 엄마의 베개가 올려져 있다. 이 이불과 요는 마치 소파 같지만 올라가거나 앉으면 혼이 났다. 아빠와 엄마의 베개는 밟거나 위로 지나다니면 머리를 지나다니는 것과 똑같다고 혼이 났다. (혼날 소재는 매우 많았다.)

　안방 벽 너머에는 한 사람이 겨우 누울 만한 작은 방이 있었는데 여기가 내 방이었다.

　베란다는 화장실처럼 한 단 밑으로 내려간다. 리모델링을 해서 베란다에 샤워기를 설치했다. 추울 때는 여기서 씻지 못했다.

빨래판과 큰 다라이도 있었다. 국민학교 4학년 때까지 엄마가 머리를 감겨줬다. 베란다 입구에 누워 머리만 베란다로 내밀면 최첨단 머리 감김 서비스를 받을 수 있었다.

베란다에는 세탁기와 세탁 바구니가 있다. 베란다 천장에는 빨랫줄이 있어 빨래를 일렬로 건다. 베란다 안쪽으로 들어가면 철제로 만든 선반이 있고, 거기에 안 쓰는 물건들이 정리되어 있었다. 내 세발자전거도 거기에 있다. 지금 생각하니 정말 잘 정돈된 작은 집이다.

이 작은 집을 그렇게 깔끔하고 단정하게 유지할 수 있었다니 말도 안 나온다. 지금 엄마 아빠는 경주의 서른 평 남짓한 아파

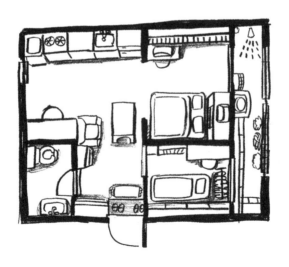

트에 산다. 수납공간도 아주 많아서 바깥엔 아예 물건이 나와 있지도 않다. 마치 모델하우스처럼 깔끔하다.

엄마는 이 작은 집을 안락한 곳으로 꾸몄고 매일 쓸고 닦아 반질반질하게 유지했다. 아직도 이 집은 내 꿈에 나온다. 어른인 나는 꿈에서 여전히 그 집에 산다. 그 집은 '가난하지만 행복한 가족'의 전형적인 집이었다.

아침 조회

"너네처럼 엉망인 놈들 첨 본다!"

요즘 초등학생들은 운동장 조회를 하지 않는다는 말을 들었다. 잘됐다. 이제야 세상이 제대로 돌아가는 것 같다. 어린이와 조회는 너무 맞지 않는다. 그건 어린이를 단체로 고문하는 것이다.

나는 국민학교 때(초등학교가 아님) 공부는 나름 나쁘지 않게 했다. 설치고 산만하지만 어른들이 말하는 '싸가지' 없는 애는 아니어서 혼내고 때리면(!) 말은 잘 들었다. 그런데 조회 시간만은 아무리 혼이 나도 견딜 수가 없었다.

국민학교에 입학하자마자 우린 줄 서는 방법부터 배웠다. 유치원에서 하듯이 짝꿍과 손을 잡고 '참새 쩍쩍', '오리 꽥꽥' 하는

그런 낭만적인 것이 아니었다. 일렬로 같은 간격으로 서야 하는데, 옆으로 뻗은 팔 길이를 기준으로 조금의 어긋남도 있으면 안됐다.

"너네처럼 엉망인 놈들 첨 본다!"

전체가 완벽한 간격으로 줄을 설 때까지 반복에 또 반복이었다. 빠릿하게 줄을 제대로 맞추지 못하고 괴로워하는 나 같은 아이는 불려 나와 혼이 나거나 망신을 당했다. 줄을 똑바로 서지 못한다는 심플한 이유로 출석부로 머리를 두드려 맞은 적도 있다.

"이것도 몬하나! 군기가 빠져가지고!"

자기 이름도 제대로 쓸 줄 모르는 애들 머리에 줄 맞추는 것을 강제로 주입하고 나면 "기준!"을 배웠다. 앞 줄 한 명이 손을 들고 "기준!"을 외치면 그 아이 쪽으로 몰려가 다시 줄을 완벽히 맞춰야 했다. 물론 그 "기준!"은 힘차고 또렷하게, 단호한 외침이어야 했다. '목소리가 작다', '목소리가 희미하다', '기운이 없다', '군기가 빠졌다'며 "기준!"을 수십 번 반복하는 것은 일도 아니었다. "기준!"을 해서 촘촘히 모인 다음에는 다시 "헤쳐!" 원래로 돌아가 순식간에 다시 팔을 벌려 줄을 맞춰야 한다.

그것뿐만이 아니다. '앞으로 나란히', '뒤로 돌아', '헤쳐 모여', '좌향좌', '우향우', 온갖 군대식 줄서기는 다 배웠다. 햇볕은 뜨겁고, 선생님은 무섭고, 흙먼지는 풀풀 날리고, 확성기 소리는 웅웅거리고. 미취학 꼬마가 살아온 세상은 순식간에 다 파괴되었다.

　나는 그 조회를 참지를 못했다. 도저히 가만히 있을 수가 없었다. '가만히 있기', 그것이 ADHD 어린이인 나에겐 제일 어려웠다. 나는 발가락을 꼼지락거리거나 머리를 긁거나 '푸하아아~' 한숨을 쉬거나 발로 흙을 탁탁 차 끝없이 지적을 받았다. 나중엔 아예 나를 기준에 세우기도 했다.

나는 6학년이 될 때까지도 조회에 적응하지 못했다. 여전히 군기가 빠졌다며 혼이 났다. (초딩에게 군기가 있다면 그것이 이상한 것이 아닌가?)

중학교 때엔 제식 훈련이 더 심해졌다. 너흰 이렇게 해야 말을 듣는다고 사소한 것에도 꼬투리를 잡아 운동장에 한두 시간씩 애들을 세워 놓았다. 그뿐인가? 쪼그려 앉아 양 귀를 손으로 잡고 다리로만 운동장을 도는 오리걸음도 시켰다. 오리걸음을 시키다가 지겨우면 '엎드려뻗치기'도 시켰다. 음, 교복 치마를 입고도 엎드려뻗쳐를 시켜 여자아이들은 치마를 무릎에 끼고 있느라 더 힘들어했다. 남자아이들은 땅에 머리를 박는 '원산폭격'을 하게 했다.

지금도 손바닥에 박힌 모래와 자갈들이 생생하다. 나는 모든 게 힘들고 괴로웠다. 도저히 영혼과 육신을 분리할 수 없었다. 영혼을 버리고 육신을 단체에 합일시키는 것이 바로 학교가 원하는 것인데 말이다. 입안에 침이 바짝바짝 마르고 현기증이 났다. 그러다 캄캄해졌다. 그리고 이윽고 나는 바닥에 쓰러졌다.

그것이 진실이었으면 큰일이 낫겠지만 엄살이었다. 사실 쓰러질 정도는 아니었다. 하지만 쓰러지지 않으면 이 세상이 끝장나버릴 것 같았다. 그래서 비틀거리며 머리를 짚고 바닥에 털썩 주저앉았다. 아이들과 선생님이 모여들었고 나는 교실에 갈 수 있게 되었다. 살았다. 심지어 양호실에 두 시간이나 누워서 쉴 수 있었다.

양호선생님은 나에게 일사병이라 했고, 그 후로 그것은 적극적으로 써먹어졌다. 어른들이 아이들을 조회에 세워놓고 오리걸음을 시키는 것은 아무 이유도 없다. 그저 말을 잘 듣게 하기 위해 위계를 세운 것이었다. 그러므로 나도 꾀를 부려 그 자리를 피하는 것이 최선이었던 것이다.

그 후 조회가 좀 길어지면 나는 적극적으로 비틀거려 조회가 빨리 끝나게 했다. 학기 말 정도에는 다른 아이들도 적극적으로 일사병에 걸렸다. 쓰러지는 아이들은 점점 많아졌다.

혹시 그 많은 일사병들이 모여 이제 조회가 없어진 것은 아닐까? 지금 생각해도 조회를 없앤 건 참으로 잘한 짓이다. 고문은 결코 추억이 될 수 없으니 말이다.

선물

"납작한 박스를 뜯는데 손이 살짝 떨렸다."

11살 때의 일이다. 학교에 다녀와 집에 혼자 있는데 교회에 나가 있던 아빠가 전화를 했다. 아빠 친구 선교사님이 너 주려고 선물을 사왔으니 빨리 교회로 와보라는 것이다.

환호아파트 버스 정류장에서 버스를 타고 시내의 교회까지 갔다. (요즘 어린이들은 혼자서 지하철이나 버스를 잘 타지 않지만 세기 말 어린이들은 혼자 온 사방을 다 쏘다녔다.) 당시 아빠가 재직하던 교회는 포항 시내인 신흥동에 있었다. 집인 환호동에서 도어 투 도어로 30분 정도 걸리는 거리였다. 가는 동안 온갖 행복한 생각은 다했다. 선물이 뭘까? 대체 뭘 사오신 걸까?

버스를 기다리며, 버스를 타고 가며, 버스 정류장에 내려 걸으면서 나는 내가 평소 갖고 싶던 인형을 떠올렸다. 인형의 상품명도 떠올렸다. 쥬쥬인가? 쥬쥬라면 머리가 길었으면 좋겠다. (세기말의 많은 여자아이들은 인형을 선물로 받으면 머리 길이부터 체크했다. 머리가 길어야 갖고 놀 방법이 많기 때문이다.)

아니야, 레고일지도 몰라. 어쩌면 책일 수도 있겠다. 책도 좋지. 만화책인가? 만화책이면 좋겠다! 온갖 좋은 것들을 기대하며 선물을 받으러 갔다.

교회에 도착하니 창문에 붙인 선팅지 사이로 마지막 햇빛이 들어오고 있었다. 선교사님이 준 납작한 박스를 뜯는데 손이 살짝 떨렸다. 인형이라 하기엔 너무 납작하고 작은 박스였다. '그래, 이건 책이 분명해!' 하지만 포장을 뜯은 상자 안에는 양말이 있었다. 그것도 리본이 달리거나 그림이 그려진 양말도 아니다. 회색의 칙칙한 양말이었다. 나는 순간적으로 너무 큰 충격을 받았다. 아빠가 "감사하다고 해야지"라고 해서 억지로 "감사합니다" 하고 말했던 것 같다.

그때 알았다. 아이에겐 가지고 놀 수 있는 제대로 된 선물을 줘야 한다. 그렇지 않다면 그냥 안 주는 것이 낫다. 어린이는 양말 선물을 좋아하지 않는다.

나무 타기

"소녀라면 나무부터 잘 타고 볼 일."

어린이 시절 나는 나무에 올라가는 것을 좋아했다. 좋아하는 걸 넘어 일단 나무가 있으면 올라가고 봤다. 나무 타기에 대한 강박적 집착이 있었다고 봐도 좋다. 지금 생각하면 어릴 때 읽었던 『빨간머리 앤』이나 『허클베리핀』의 영향이었을지도 모른다. '소녀라면 자고로 나무를 타야 해' 뭐 이런 건가?

내가 8살 때 다녔던 국민학교는 월포라는 작은 어촌마을에 있었다. 그 학교는 작지만 역사는 오래되었고, 큰 나무들이 많았다. 학교 담벼락 가장자리에는 울타리를 겸하는 낮은 주목 나무들이 빽빽이 심어져 있었는데, 그중 하나가 마치 오토바이 모양

처럼 꺾어져 있었다. 너무 많은 어린이들이 올라타 나무줄기는 반들반들 빛이 났고, 잎은 다 떨어지고 없었다. 쉬는 시간마다 애들은 모두 그 '오토바이'를 타려고 했다. 나는 엄마가 입혀준 노란색 레이스 원피스에 흰 타이즈를 신고도 나무에 올라타 타이즈를 자주 찢어 먹었다.

환호 주공아파트 집 앞에 있던 나무도 자주 탔다. 그 나무는 상당히 타기 좋았다. 적당히 기울어져 있기 때문에 잡고 올라가기 좋았고, 올라가 앉을 자리도 있었다. 거미는 있었지만 거기 올라가 있는 것을 좋아했다. 기집아가 왜 나무에 올라가느냐고 혼내는 동네 아줌마도 있었지만 그러거나 말거나 열심히 탔다.

9살 때 나는 선생님이었던 엄마를 따라 죽천국민학교로 다시 전학을 했다. 거기에도 큰 나무가 아주 많았다. 특히 소나무가 많았다. 학교를 둘러싸고 있는 시멘트 담장 위로 올라가면 굵은 소나무의 등으로 바로 올라갈 수 있었다. 나무를 타다가 타이즈도 찢어지고 손도 찢어졌다. 엄마가 아무리 예쁜 옷을 입혀놔도 굴하지 않고 험하게 놀았다. 나무를 타고 있으면 남자애들이 밑에 와서 보기도 했다. 팬티 보인다고 놀리고 팬티 색으로 놀리고. 그럼 나는 쫓아가서 남자애들을 주먹으로 패고 바지를 잡아 끌어내리며 복수를 했다.

언제부터 나무를 안 탔을까? 6학년 때부터였던 것 같다. 그때 나는 포항의 강남이었던 용흥동으로 이사를 갔는데 막 생기기 시작한 동네라 큰 나무가 없었다. 지은 지 3년밖에 안 된 학교에도 큰 나무 없이 작대기로 받쳐 놓은 어린 나무들밖에 없었다. 그때부터 안 탄 걸까?

지금은 나무를 봐도 올라갈 마음이 안 난다. 손이 까질까 봐 무섭고, 누가 볼까 봐 창피하다. 그리고 올라갈 힘도 없다. 그래도 나이가 한 자리일 때 열심히 즐겼으니, 이제 되었다. 역시, 자고로 소녀라면 나무부터 잘 타고 볼 일이다.

옥수수 인형

"어린이는 역시 대단하다."

다 먹은 옥수수로 인형 만드는 것을 누가 가르쳐줬던가? 기억은 안 나지만 분명 누가 가르쳐준 것 같다.

옥수수 인형을 만드는 방법은 이렇다. 일단 옥수수 껍질을 떼어내지 않고 옥수수를 통째로 찐다. 그리고 옥수수를 최대한 깔끔하게 먹는다. 찌꺼기가 없게 말끔히 먹는 것이 중요하다. 다 먹은 옥수수를 물에 씻어 햇빛이 있는 곳에서 바짝 말린다. 빨랫줄에 널어서 말리는 것도 좋을 것이다. 다 마르고 나면 옥수수 껍질을 잘 찢어 머리카락처럼 만들어준다. 그리고 그것을 잘 땋거나 묶어 모양을 만든다. 추가로 옥수수 몸통 적당한 곳에 눈,

코, 입을 그리거나 붙이고 옷을 만들어준다.

옥수수 인형은 인형을 갖고 싶어도 가질 수 없었던 옛날 소녀들이 만들었던 인형이다. 비슷한 계열로 짚풀 인형, 빗자루 인형 등이 있다. 소설 『레미제라블』에서 어린 코제트는 헝겊 뭉치를 인형으로 생각했고, 미국의 개척기를 다룬 소설 『초원의 집』에도 단추로 눈을 붙인 헝겊 인형이 나온다. 이런 인형들은 비주얼은 볼품없지만 소녀들의 상상력이 그것을 보완하는 형식이다.

그런데 나는 세기말 어린이였기 때문에 인형 정도는 집에 상당히 있었다. 봉제 인형부터 시작해 바비 인형, 쥬쥬 인형, 눕히면 눈을 감는 인형이나 안으면 심장이 뛰는 인형도 있었다. 굳이 상상력으로 보조해야 하는 인형이 있을 필요가 없었다. 하지만 애라는 것은 무엇인가. 왜 스탠더드한 인형을 갖고도 헝겊 인형, 짚풀 인형, 옥수수 인형까지 가져야 직성이 풀리는가.

싫증을 너무 잘 내서 언제나 새 인형이 필요했던 걸까? 여하튼 옥수수 인형은 빨리빨리 갖고 놀고 버리기에 좋았다. 나는 옥수수로 인형을 꽤 잘 만들어서 나의 손을 거쳐 간 옥수수 인형이 서너 개는 되었던 것 같다.

그런데 어느 날이었다. 집에 아빠 친구 목사님이 찾아왔다. 목사님뿐 아니라 목사님 부인과 5살인 딸 김영주도 함께였다. 맞다. 뭔가 심상치 않은 일이 일어나려 하고 있었다.

나는 김영주가 내 장난감을 뺏어갈까 봐 걱정이 됐고 그나마 제일 관심이 없을 것 같은 옥수수 인형을 주고 갖고 놀라고 했다. 그런데 애라는 것들은 다 똑같다는 것을 몰랐다. 가게에서 멀쩡히 돈 주고 산 예쁜 인형을 두고 옥수수 인형을 만들어 갖고 노는 나처럼, 그도 집에 있는 장난감들을 잊고 바로 눈앞에 있는 옥수수 인형을 원했다.

김영주는 울고불고 바닥에 발을 쾅쾅 치고 뒹굴며 옥수수 인형을 가지고 가겠다며 난동을 피웠다. 그의 부모님이 말려봤지만 소용이 없었다. 그는 엄마에게 맨날 혼나고 큰 나와 달랐다. 나 같았으면 엄마가 "니 좀 이따 보재이" 하기만 해도 인형을 바로 내려놨을 것이다. 하지만 그놈의 징징거림은 끝이 없었고 어쩔 수 없이 우리 엄마와 아빠는 옥수수 인형을 애한테 주라고 했다. 옥수수 있으니까 또 만들면 되지 않냐는 것이었다. 결국 나는 분노를 씹으며 김영주에게 옥수수 인형을 줬다. 받자마자 울음을 뚝 그치는 것은 뭔데!

지금 생각해도 화가 치민다. 아니 번듯한 거라도 가지고 가는 거면 몰라, 옥수수 인형을 갖고 가고 싶냐! 엄마 아빠도 그렇지, "또 만들면 되잖아" 하면서 주라고 하다니. 이다음부터 나는 절대 옥수수 인형을 만들지 않았다. 흥.

그 김영주도 지금은 어른이다. 김영주는 그때 그 옥수수 인형을 기억할까? 나는 지금도 가끔 그때 옥수수 인형이 기억난다. 하지만 이젠 옥수수 인형을 더이상 만들지 않는다. 김영주에 대한 트라우마 때문은 아니다. 단순히 내 침이 묻었던 것을 인형으로 만든다는 것이 이해가 안 가기 때문이다. 어린이는 역시 대단하다, 그리고 비위가 좋다.

ADHD 어린이

"잠시라도 가만히 있어봐라."

난 ADHD(주의력 결핍 및 과잉 행동 장애)다. 일반적으로 사람들이 알고 있기로 ADHD는 어린이에게 나타나는 증후군이다. 하지만 나는 37세가 되어서야 정신의학과에서 ADHD로 진단을 받았다. 왜냐하면 세기말 대한민국에는 ADHD라는 것이 없었기 때문이다.

난 정말 산만한 어린이였다. 책상 앞에 잠시도 가만 앉아 있지 못했다. 연필을 이상하게 잡고, 책을 구기고, 책에 있는 그림에 낙서를 덧붙이고, 공책에 낙서를 하고, 발을 건들거리고, 머리를 책상에 박고, 크게 한숨을 쉬거나 불쑥 노래를 불렀다. 당연히

선생님에게는 악몽 같은 아이였다.

초중고 12년 동안의 학생 기록부에는 한 번도 빠짐없이 "상상력과 사고력이 뛰어나나 산만하며 집중력이 부족함"이라고 적혀 있다. 요즘 같으면 선생님이 엄마를 불러 "이다가 ADHD 같은데 병원에 가보셨어요?"라고 했을 것이다. 아니, 엄마가 먼저 데리고 갔을 것이다. 하지만 세기말엔 그런 병명이 없었기에 나는 그저 '설치는 아이'였다.

기도를 할 때도 산만한 것은 마찬가지였다. 기도를 할 때 다른 목소리나 다른 생각이 끼어드는 것은 사탄의 방해 때문이라는데, 그렇게 따지면 나는 언제나 사탄과 함께하는 꼴이었다. 기도를 할 때 끝없이 딴 생각이 떠올랐기 때문이다.

"일용한 양식을 주옵시고"를 외우면 '왜 일용한 양식이지, 나는 한식 먹었는데, 일용한 한식 아닌가? 아니 근데 일용한이 뭐야. 전원일기 나오는 사람인가?' 이러고, "우리가 우리에게 죄지은 자를" 이러면 '저번에 민아 집에 가서 주기도문 이 구절 외울 때 눈 뜨고 보니까 그 집 책장에 만화책이 많던데 빌려달라고 하면 빌려주려나, 그러고 보니 둘리는 왜 초록색이지? 아참 산에 가고 싶다' 이런 식이었다. 생각은 조금의 연관성이라도 있으면 물고 늘어져 끝도 없이 산으로 갔다. 특히 장소에 관한 기억은

정말 끈덕져 특정 장소에 가면 거기서 했던 생각이 다 떠오르는 순이었다. 생각뿐인가? 이 와중에 머릿속에서 어떤 애는 노래를 부른다. 이 노래는 밤에 잘 때까지 언제나 재생된다. 지금도 그렇다.

ADHD 어린이라면 누구라도 그러하듯 나는 정말 많이 혼이 나며 자랐다. 그중에 가장 많이 들은 말이 "잠시라도 가만히 있어봐라"였다. 가만히 있는 것, 그것이 내게는 너무나 힘들었다.

사실 어른이 된 지금도 나는 가만히 있는 것이 너무 힘들다. 극장에라도 가면 좀이 쑤셔서 가만히 못 있는다. 엉덩이 밑에 팬티가 삐뚤어진 것 같아서 바르게 고친다. (그래서 나는 팬티의 방향을 쉽게 고칠 수 있는 치마를 선호한다.) 허리가 아파서 등 뒤에 가방을 끼워 넣는다. 발이 바닥에 닿지 않아 불편하고 건조해서 코가 따갑다. 공기가 텁텁하고 먼지투성이인 것 같아 환풍기를 돌려달라고 부탁하러 다녀온다. 안경에 묻은 얼룩이 신경 쓰이고, 입술이 말라 가는 것 같아 연신 침으로 적신다. 나는 모든 게 신경 쓰인다.

영화에 집중해보려고 하면 자막 크기가 거슬린다. 옆자리 사람의 팝콘 씹는 소리가 거슬리고, 이제서야 들어오는 사람이 짜증난다. 작은 말소리에도 놀라며 째려보지만, 사실 가장 민폐를 끼치는 것은 산만하게 계속 부스럭거리는 나일 것이다.

난 정말 내가 이상한 아이인 줄만 알고 세상을 살았다. 인생이란 원래 이런 건 줄 알았다. 난 뭘 해도 집중을 못한다는 좌절감이 있었다. 내가 유일하게 집중할 수 있는 것이 그림이었다. 그림 그릴 때만은 다른 생각을 안 했다. 그래서 내가 그림을 직업으로 선택했나 보다.

30대 중반이 되어서야 우울증으로 정신의학과에 갔고 ADHD 진단을 받았다. (ADHD 어린이들은 어른들에게 혼이 많이 나고, 동년배들에게는 이해받지 못해 자존감이 낮은 경우가 많다. 그래서 성인 ADHD는 많은 경우 우울증이나 불안장애를 동반한다.) 선생님은 나에게 "ADHD가 이 정도 직업적 성과를 냈다는 것이 너무 대단해요. 정말 열심히 살아오셨어요"라고 했다. 그 말에 나의 어린 시절이 다 보상받는 기분이었다.

지금 내가 어린이라면 분명 ADHD 어린이로 진단을 받고 매일 약을 먹을 것이다. 세기말의 나보다 공부도 잘했을 것이고 대학도 더 잘 갔을지도 모른다.

하지만 그때 그토록 산만했던 덕분에 나는 지금 이런 글을 쓰고 있다. 세기말 키드가 이토록 많은 것을 기억하는 것은 분명 ADHD의 축복이다.

문방구의 늪

"외상으로 줄까?"

나는 문구점을 그냥 지나치지 못한다. 어떤 문구점이든 일단 들어가봐야 한다. 사려고 들어가는 것이 아니다. 어떤 물건이 있는지 알아야 하기 때문에 들어간다. 일단 파악을 하는 것이다. 모든 문구점은 나에게 길에 놓여 있는 보물창고처럼 보인다. 분명히 특이하고 대단한 물건이 있을 것 같다. 남들은 못 보는 보물이 내 눈에는 보일 것 같다. 이 증상은 시골이나 외국에서 더욱 심해진다.

어른이 된 지금 이러는데 어릴 땐 어땠을지 다들 눈에 훤히 보일 것이다. 내가 말이야, 20년 전에 문방구에 외상 5만 원을 진

사람이다. 이거야!

내가 이 말을 하면 대체 20년 전 국민학생이 뭘 샀기에 외상 값 5만 원이 생긴 거냐고 경악하는 사람이 많다.

나도 이해가 안 간다. 나는 대체 무엇을 산걸까? 당시에 떡볶이 한 컵이 100원이고 오뎅 하나가 100원이었다. 샤프도 천 원이면 웬만한 건 다 샀다.

나는 하루에 용돈을 200원씩 받았는데, 세기말 키드에게 극단적으로 적은 돈은 아니었다. 하교하는 길에 100원짜리 지우개 하나 사고, 100원짜리 오뎅 하나 정도는 사 먹을 만했다. 고학년으로 올라가면서는 하루에 500원씩 용돈을 받았는데 하나에 200원짜리 닭발을 2개 사먹고 100원짜리 번데기를 먹으면 딱이었다.

아직도 항구국민학교 앞의 조그만 문방구가 생각난다. 항구국민학교 앞엔 문방구가 5곳 정도, 분식집이 4곳 정도 있었다. 학교 정문과 문방구 사이의 거리는 몇 걸음 정도밖에 안 됐다. 어린이들은 하교와 동시에 소비의 늪에 빠졌다. 문방구와 분식점에서 애써 시선을 돌리더라도 뽑기 기계가 30여 대가 줄지어 있는 골목을 지나가야 했다.

여러 문방구 중 내가 단골이었던 B문방구에 들어가면 천장이

꽤나 높았다. 높은 천장에는 색색깔의 공과 커다란 연들이 매달려 있었다. 비행기 모형도 달려 있었고, 바람이 불면 소리가 나는 풍경이나 종도 있었다. 문방구는 한여름에 들어가도 컴컴하고 서늘했다. 애들 땀 냄새나 오래된 먼지 냄새도 난다.

오른쪽을 보면 주인 아줌마가 앉아 있는 카운터가 있다. 주인 아줌마는 문방구 안에 있는 쪽방에서 이불을 덮고 텔레비전을 보고 있는 일도 많았다. 유리 진열장 카운터 안에는 고급 샤프, 미제 만년필, 비싼 프라모델 등이 들어 있다. 먼지가 소복이 쌓여 저걸 고급이라 해야 할지 의심은 든다. 아줌마 뒤로 보이는 책장에는 문제집들과 전과, 어린이 잡지가 빼곡하다. 『드래곤볼』이며 『슬램덩크』며 만화책들도 빠질 수 없다. 만화책이나

잡지를 보여 달라고 하면 아줌마가 꺼내는 준다. 5분 정도 볼 수 있는데 그 안에 훑어보는 척하고 다 봐야 한다.

왼쪽을 보면 아이스크림 진열대와 간식 진열대가 있다. 아이스크림 통 안에는 출처를 알 수 없는 아이스께끼와 세기말 키드의 마음을 울렸던 커피 한 잔, 대롱대롱, 거북알, 쌍쌍바 등이 엄청난 성에와 함께 뭉쳐져 있다.

간식 진열대를 보면 햇볕에 바래 완전 무채색이 된 과자 박스들이 가득하다. 과자 박스 사이에는 한정판으로 나왔던 빵 스티커들이나 작은 피규어, 따조 같은 것이 다닥다닥 붙어 있다. 마치 트로피 진열대 같은 느낌이다. 간식 진열대 옆에는 아이들이 앉을 수 있는 자그마한 의자들이 다닥다닥 있었다.

낮은 진열대에 채워진 것이 진짜 어린이 간식이다. 아폴로, 논두렁 같은 100원짜리 간식이 쫙 채워져 있다. 어렸을 땐 아폴로를 가장 좋아했다. 아폴로를 완벽하게 깨끗이 한 봉지를 다 빨아먹어서 본사로 보내면 피아노 한 대를 준다는 말도 안 되는 소문 때문이었다. 아무거나 다 믿는 애들이라 그런지 간식에는 언제나 괴담이 있었다. 스크류바에는 공장 직원의 잘린 손가락이 들어 있고, 코카콜라엔 잉카 사람의 침이 들어 있고… 세상에 먹을 것 하나 없었다.

나는 매일 이런 불량 식품을 서너 개씩 사 먹었는데 용돈으로 다 될 리가 없었다. 주머니를 뒤지고 시무룩해 있는 나에게 아줌마가 주변을 둘러보며 작은 목소리로 말했다.

"외상으로 줄까?"

아…. 그때 넘어가지 말았어야 하는데.

"외상요?"

아줌마는 카운터 아래에서 두꺼운 책을 꺼냈다. 이럴 수가, 거기엔 항구국민학교 어린이들의 이름과 전화번호, 외상 내역이 빼곡하게 적혀 있었다.

알고 보니 문방구에 외상을 진 애들은 나 하나가 아니었다. 언제나 새 샤프나 지우개를 사 가지고 오는 친구가 부자인 줄 알았는데 그게 다 외상이었다. 백 원, 2백 원 외상을 지는 애가 있는

가 하면, 화끈하게 3만 원짜리 프라모델을 외상으로 사는 애도 있었다. 지금 생각하면 그놈 참 될 놈이다.

이 외상값은 점점 몸을 불려갔다. 분명 친척 어른들에게 만 원, 2만 원 받을 때마다 외상을 갚았는데 갚는 돈보다 쓰는 돈이 더 많았다. 아줌마는 외상값을 만 원 갚으면 그날 외상값을 천 원, 2천 원 더 지게 만드는 전략이 있었다. 내가 한동안 외상을 잘 갚으니 이놈은 좋은 호구다 싶었는지 특히 나에게 외상을 더 잘 주었다.

나의 마음속에서 문방구 외상값의 부담은 점점 더 커졌다. 마침내 어린이가 갚을 수 없는 돈이 되었을 때부터 나는 문방구를 슬슬 피해 다녔다. 아줌마와 눈이라도 마주칠까 봐 애들이 적고 재미없는 골목으로 도망 다녔다. 아줌마는 친구들에게 요새 왜 이다 안 오냐고 묻기도 했다. 혹시 우리 엄마에게 전화라도 할까 봐 너무 무서웠다.

그리고 6학년이 되던 해, 나는 이사를 갔고 전학을 갔다. 내 외상값은 그 이후로 영원히 묻혔다. 아직도 가끔 그 문방구가 꿈에 나온다. 아줌마의 외상장부는 지옥명부처럼 커다랗게 보인다. 으으 잘못했어요, 용서해주세요. (지금 생각해보니 외상장부에는 집 전화번호를 적었다. 엄마가 외상값을 대신 갚아줬던 것 같다.)

20년 후 어른이 되어 다시 항구국민학교 앞에 가본 적이 있었다. 내가 다녔던 문방구들은 아직도 그대로 그 자리에 있었다. 그 아줌마도 아직 그곳에 있었을까? 모르겠다. 확실한 건 상상으로 놔두는 것이 더 재미있다는 것이다.

채변검사

"사람들은 똥 얘기를 좋아하는구나!"

앞에서도 나왔지만 또 똥 얘기를 써야 할 것 같은 의무감이 든다. 어린이 얘기를 쓰면서 똥 얘기를 쓰지 않는 것은 규범에 어긋나는 것 아닐까.

나는 채변검사 봉투, 일명 똥 봉투를 제출하던 마지막 세대다. 새삼 정말 옛날 사람이다. 요즘은 학교에서 채변검사를 하지 않는다. 똥 봉투 그런 건 이제 〈검정 고무신〉 애니메이션에나 나올 얘기다.

10살 때의 내 일기 속에는 채변검사에 대한 상세한 일기가 있다. 민속 박물관에 기증해도 좋을 생생한 현대사 기록이다.

제목 : 똥봉투

어제 선생님이 똥봉투에 똥을 담아오라고 똥봉투를 주셨다.
아이들이 냄새도 안 나는데 코를 막았다. 우웩 하는 아이
도 있었다. 아코 나는 그만 똥봉투를 안 가져왔다. 아예
똥 눌 생각도 안 했다. 학교에 오니 많은 애가 똥봉투를
가져왔다. 선생님이 똥봉투를 내라고 했다. 애들이 "우웩
구린내야" 하며 갖다 넣었다. 집에 와서 화장실에 신문지
를 깔고 똥을 누려 했다. 안 나왔다. 똥이 조금 나왔다.

막 흔들고, 엉덩이에 힘을 줘도 안 나왔다. 겨우 똥이 나

왔다. 똥검사는 정말 왜 하나? 그냥 얼굴만 보면 다 아는

데. 똥검사 하면 가져가기도 귀찮고 똥도 안 나온다. 똥

검사는 왜 한담?

이 일기를 쓰고 나는 엄마 아빠와 선생님께 큰 칭찬을 받았다.

정말 생동감 있게 잘 쓴 일기라는 것이다. (지금도 좀 자랑스럽다.)

　그런데 사실 이 일기는 실제 상황을 각색한 것이다. 실제로 일

어난 일은 너무 수치스러워서 차마 일기에 쓸 수 없었다. 당시에

도 거짓말로 일기를 쓸 때 엄마가 보고도 모른 척했다. 엄마도

그 수치심을 이해한 것이다.

　나는 그날 똥을 누려고 노력했다. 엄마가 화장실 바닥에 신문

지를 깔아 놓더니 거기에 똥을 누라고 했다. 지금 생각해보면 엄

마도 못할 짓이다. 신문지 위의 똥을 덜어 봉투에 넣고, 남은 똥

을 따로 버리기까지 해야 했다.

　평소 잘만 누던 똥인데 눠야 한다고 생각하니 똥구멍이 딱 잠

겨버렸는지 결코 열리지 않았다. 쪼그려 앉아 있으니 다리만 아

프고 나중엔 똥구멍도 아팠다. 마침내 똥이 나오기 시작했으나

거대한 딱똥이었다. 내 똥꼬는 딱똥을 차마 내보내지 못한 채,

고통받고 있었다.

그렇게 한 시간이 흐르고 나는 엉엉 울고 있었다.

"보자, 궁디 대 봐라."

엄마는 비장한 얼굴로 비닐장갑을 끼고 화장실 입구에 섰다. 그리고 내 궁디를 벌리고 똥구멍에서 면봉으로 똥을 약간 떠냈다. 그리고 채변봉투에 일부를 넣고 밀봉했다.

나는 일기에 겨우 똥이 나왔다고 거짓말을 하고 잘 쓴 일기라며 칭찬을 받았다. 칭찬을 받고 나자 똥 얘기가 하나도 안 부끄러워졌다. 사람들은 똥 얘기를 좋아하는구나! 똥 얘기를 쓰니 솔직하다고 좋아하는구나! 바로 그날 세기말 키드는 좋은 것을 배웠다.

　그래서 지금도 똥 얘기를 쓰고 사람들이 재밌어하기를 바라는 것이다. 사람들은 분명히, 똥 얘기를 좋아한다.

　아니다. 이제 인정한다. 내가 제일 좋아하는 게 분명하다.

집 전화

"폰팅 하실래요?"

너무 당연하게도 세기말 키드에겐 스마트폰이 없었다. 카톡도 페메도 이메일도 없었다. 그래서 친구랑 연락을 하려면 친구 집에 전화를 한 다음에, 친구의 아빠 또는 엄마 또는 오빠 또는 언니 또는 동생과 인사를 한 다음 친구를 바꾸어 달라고 해야 했다.

전화 예절은 매우 중요했다. 전화 예절을 지키지 않으면 우리 부모님이고 상대 부모님이고 간에 혼쭐이 났다.

일단 인사를 해야 한다. "안녕하세요" 그 다음이 소개다. "저 경화 친구 이다라고 하는데요" 그리고 용건이 나온다. "경화 지금 집에 있으면 바꾸어주시겠어요?" 이게 정석이다. 이 과정 중 하

나라도 빠뜨리면 가정교육이 제대로 안 되어 있다고 혼이 났다.

물론 순서도 중요하다. 인사를 먼저 안 하면 "인사는 안 하나" 소리를 듣고, 전화 바꿔달라는 소리를 먼저 하면 "니가 누군데" 소리를 듣게 된다.

우리 엄마만 해도 전화를 해서 "이다 집에 있어요?"를 먼저 말하는 친구는 탐탁지 않아 했다. 꼭 "누군지 말을 해야지" 하고 묻는다. 상대가 "저 이다 친구 주연인데요" 그럼 그제야 "기다려라" 하고 바꿔주었다. "이다야, 전화받아라" 그리고 한마디 하신다. "니 친구는 왜 인사도 안 하노."

이러니 친구 집에 전화를 거는 것은 그리 쉬운 일이 아니었고 이성 친구라면 당연히 큰일이었다. 남자한테 전화라도 한 번 오면 "니한테 전화한 머스마 누고" 이런 질문에 시달리게 된다. 형제자매가 있는 사람이라면 "우리 언니야는 맨날 남자한테 전화 온데이" 하는 소문까지 난다. 그래서 웬만하면 친구가 받을 수 있는 시간에 전화를 걸어야 하는데 그걸 알기 쉽지 않았다. 어떤 애들은 상대 부모님이 받으면 끊어버리기도 했다. (뒷감당은 내 몫이다.)

전화를 받아도 문제다. 전화를 오래 하면 혼이 났다. 전화세가 많이 나온다는 것이다. 20년 전 전화세는 지금 핸드폰 요금과 큰 차이가 없었다. 그러니 그 당시 물가로 얼마나 비싼 것이었는지 알 수 있다. 전화라는 것은 언제나 '용건만 간단히' 해야 하는 것이었다. 전화를 오래 하면 "전화기 하루 종일 붙들고 뭐 하노!" 하는 호통을 듣게 된다. 그도 그럴 것이 가족 중 누군가가 전화를 하고 있으면, 다른 전화를 못 하거나 못 받게 되기 때문이다. 누구한테 전화가 왔는지 알 수도 없다. 나중에 만나면 "니네 집에 전화를 걸었더니 하루 종일 통화 중이더라"라는 원망을 받는 것이다.

우리 집에는 아빠를 찾는 전화가 특히 많이 왔다.

"아빠 계시나?"

(불공평하게도 어른은 아이에게 인사 – 소개 – 용건으로 이어지는 전화 예절을 지키지 않아도 괜찮았다.)

이런 전화를 받으면 "아니요"로 끝나면 안 됐다. "지금 안 계세요"까지 붙여야 된다. 그럼 상대가 "내 대구의 김땡땡인데, 아빠 오시면 전화해달라고 전해도고"라고 한다. 그걸 꼭 메모해놔야 한다. 전화가 왔는데 메모를 안 해놓으면 나중에 큰일이 난다.

장난 전화도 많이 왔고, 많이 하기도 했다. 제일 많이 한 것이 말 따라하기다. 아무렇게나 번호를 눌러 전화를 건 다음, 상대가 "여보세요" 하면 이쪽에서도 "여보세요"를 한다. 상대가 "누구세요?" 하면 "누구세요?" 하고 "장난치지 마라" 하면 "장난치지 마라" 하는 것이다. 물론 이 과정에서 웃음을 못 참아서 반쯤은 킬킬대다가 도망치듯 전화를 끊게 된다.

국민학교 때는 장난 전화를 하다가, 중학교 넘어서는 폰팅 전화를 했다. 아무 번호에나 전화해서 "폰팅 하실래요?" 하는 것이다. 지금 폰팅이라고 하면 '음란 폰팅'을 떠올리게 되지만, 세기 말의 폰팅은 그냥 전화로 대화를 나누는 것이었다. 우리 집에도 폰팅 전화가 상당히 많이 왔다. 엄마 아빠가 받으면 끊어버리고, 좀 어린 상대가 받으면 폰팅하자고 하는 것이다.

　폰팅 전화를 하다가 만나서 사귀는 애들도 있었고 폰팅으로
끝나는 애들도 있었다. 만나지 않더라도 그냥 전화를 거는 것 자
체를 재밌어한 것 같다. 다시 한 번 말하지만 세기말 키드는 심
심했다. 정말 극도로 심심했다.

　좋아하는 남자애 전화번호를 알면 "폰팅 하실래요?" 전화를
거는 것은 필수였다. 폰팅을 한답시고 키, 몸무게, 혈액형, 이상
형, 좋아하는 색깔 등을 물어보고 수첩에 꼼꼼히 정리했다. 그래
서 실제로는 말 한마디 못하면서 폰팅으로 사귀는 행세를 하는
애들도 많았다.

나도 폰팅으로만 두 남자애와 사귀었는데 이걸 사귀었다고 해야 될지 모르겠다. 실제로 만난 적은 딱 5분이고, 전화와 편지로만 연락했기 때문이다. 사랑한다고도 하고 전화기에 대고 뽀뽀도 했다. 하지만 실제 생활에서 또 다른 남자애를 열렬히 좋아했다. 연애라기보다는 연애 놀이였던 것 같다.

이 대단하던 전화 풍습과 전화 예절은 이제 아무 소용도 없어졌다. 개개인이 전화 한 대씩 가지고 다니며 아무 때나 원하는 대로 전화를 하고 연락을 할 수 있다니, 어릴 때는 생각도 못하던 미래다. 전화라는 것은 무조건 유선이고 '집'만이 가질 수 있

는 것이었기 때문이다.

　이 세상에서 '집전화'라는 것은 사라지고 있다. 한 칸에 한 명씩 들어가는 공중전화도 주위에서 쉽게 찾기 어렵다. 공중전화 앞에서 기다리던 사람들도, "이다 집에 있어요?" 하는 물음도 없어졌다. 우리는 이제 집이 아닌 사람에게 전화를 건다. 아니, 메시지를 보낸다.

혼자 집 보기

"혼자 있으니 너무나 즐거워요!"

다음은 내가 국민학교 2학년 때 일기에 쓴 동시이다.

제목: 혼자 집 보기

혼자 있는 것이 제일 좋아.

혼자 있으니~ 너무나 즐거워요~

아빠도 없어~ 엄마도 없어~

혼날 일 없어~ 모든 게 내 맘대로!

혼자 있으면 즐거워!

이걸 보고 어이없어하던 엄마의 표정이 잊히지 않는다. "엄마 없어서 신이 나도 그렇지. 이렇게 노골적으로 쓰노! 엄마 아예 없음 좋겠네!" 하며 살짝 혼도 났던 것 같다.

포항시 고속 터미널 앞 낡은 상가 건물 한 층에서 개척 교회를 운영했던 아빠와 엄마는 교회 일 때문에 정말 많이 바빴다. 주일 어린이 예배, 주일 낮 예배, 성경공부, 주일 저녁 예배, 매일의 새벽 기도, 수요 예배, 금요 기도회에 교인들의 집에 방문하는 심방에, 결혼식 주례, 장례식 진행까지.

아빠 엄마는 이 모든 행사에 나를 데리고 다니느라 큰 고생을 했다. 앞에서도 말했듯이 나는 ADHD 어린이였고 어딜 가나 통제가 안 됐다. 교회에서 까불고 설치다가 엄마가 옥상에 데리고 가 궁둥이를 팡팡팡팡 때린 일도 흔한 일이었다.

참 다행으로 나는 어릴 때부터 혼자 잘 있었다. 엄마 아빠가 없다고 불안해하지 않았다. 아무 곳에나 맡겨놓아도 잘 지냈다. 엄마가 말하길 한 달간의 출산 휴가를 마치고 처음 나를 떼어 놓고 출근하던 날에 나는 울지 않았다고 한다. 보통 엄마들은 아이를 떼어 놓고 출근할 때 많이 힘들어한다. 애가 울고불고 거의 반죽음 상태로 떨어지기를 거부하는 것이다. 그런데 나는 희한하게도 "엄마 출근한다" 하면 마치 그것이 뭔지 안다는 듯이 "엄마 빠빠"를 했다. 단 한 번도 헤어질 때 운 적이 없었다고 한다.

그러면서도 엄마가 돌아오면 엄마한테 찰싹 붙어 절대 떨어지지 않았다. 다음 날이면 또 쿨하게 "엄마 빠빠"를 했다. 밤새 안자고 징징거리고 꽥꽥 울었지만 꽤나 장점도 큰 어린이였던 것이다.

아빠와 엄마가 할머니 댁을 떠나 주공아파트로 보금자리를 옮기고 나서는 나를 봐줄 사람이 없었다. 그래서 처음엔 무리해서 많이 데리고 다녔다. 그런데 어느 날 잠든 나를 놔두고 볼일을 보고 왔는데 내가 혼자 울지도 않고 잘 놀더란 것이다.

그 후 엄마 아빠는 나를 놔두고 일을 하러 많이 다녔다. 나는 혼자도 잘 있는 것을 넘어 적극적으로 혼자 있는 것을 선호하고 즐겼다. 대체 애가 뭘 안다고 혼자 있는 게 좋다는 걸 알았을까? 지금 생각해보면 이해가 안 된다. 뭔 짓을 해도 된다는 것 때문이었을까?

엄마 아빠가 없을 때 나는 LP 레코드도 꺼내 틀어 놓고 즐겼다. 평소엔 망가진다고 만지지도 못했는데…. 과자 먹던 손으로 지근지근 만졌을 것이 뻔하다 .

물론 나는 혼자 있으면서 많은 사고를 쳤다. 엄마 슬립이나 속옷을 입어보다가 발로 밟아 놓기는 예사였고, 화장놀이를 한답시고 분을 꺼내 다 쏟아 놓고 새도를 깨 먹었다. 립스틱을 꺼내 바르고 바로 뚜껑을 꾹 눌러 닫아 립스틱이란 립스틱은 다 부러 뜨렸다. 요리를 해 먹겠다고 대야에 밀가루를 쏟고 물을 부어 부침가루 범벅을 한 적도 있었다. 또 베란다에 있는 화분을 안방에 갖다 놓고 물을 줘서 온 집안을 물바다로 만들기도 했다. (극한직업 이다 부모)

　그중 제일 큰 사고는 엄마의 비싼 미제 화장품을 박살낸 일이다. 지금도 아주 고가인 에센스인데 작은 캡슐을 가위로 잘라서 쓰는 제품이다. 어린 이다는 그거 한 통을 모조리 다 잘랐다. 엄마의 충격받은 표정이 아직도 생각난다. "이거 한 개에 200원이다, 200원! 아나!" 죄송합니다, 어머니…. 난 그걸 잘라서 뭘 하

누워서 벽에 책을 올리고 보는 모습.
저 상태로 잠도 잘 잤다.

려고 했던 걸까? 어렴풋이 뭘 하려고 했던 것은 기억난다. 목적
은 생각나지 않지만 이걸 잘라야 한다는 욕망은 잊히지 않는다.

이렇듯 심하게 사고 친 적이 많아 엄마 아빠가 돌아오면 당연
하게 혼이 났다. 그러나 평소에 비해 그리 심하게 혼난 것 같지
는 않다. 나중에 들으니 엄마 아빠가 나에게 가장 고마워한 것이
그것이라 했다. 엄마와 떨어지면 난리가 나는 애들도 많은데, 나
는 언제나 혼자 잘 있어서 그게 너무 고마웠단다.

혼자 있는 것을 즐기던 어린이 이다는 어른이 되어서도 여전
히 혼자 잘 논다. 지금 이 글도 동네의 한 카페에서 혼자 앉아서
쓰고 있는 중이다.

Part 02.
세기말 틴에이저

삐삐- 삐삐-

"친구가 가져왔던 작은 삐삐는
모두에게 충격을 줬다."

중학교 1학년 때, 그러니까 1995년의 일이다. 어느 날 학교를
가니 평소에 인기가 많지 않았던 애의 책상에 아이들이 와글와
글 몰려 있었다. 심지어 다른 반 여자애들까지 와서 웅성거리고
있었다. 나도 뭔가 싶어서 책상에 가방을 내려놓고 가서 보니,
거기엔 빨갛고 매끈한 모양의 삐삐가 있었다.

삐삐…! 중학생이 삐삐를 사다니! 그때까지 나는 삐삐라는 것이 뭔지는 알았지만 내가 가져본 적은 없었다. 가질 수 있을 거라는 생각도 안 했다. 내가 그동안 알고 있던 삐삐란 모두 커다랗고 네모난 투박한 디자인에 시커먼 색상이었다. 아주 바쁜 직장인들이나 병원 의사, 간호사들만 쓰는 줄 알고 있었다. 중학생이 삐삐를, 그것도 자그맣고 빨간 투명 삐삐를 가져오다니. 정말 충격이 컸다.

충격이 큰 건 나 혼자만이 아니었던 모양이다. 그걸 본 아이들은 집에 가 부모님에게 너도 나도 삐삐를 사달라고 졸랐고, 삐삐를 가져온 친구는 선생님과 학부형들에게 심하게 혼이 났다. 심지어 그 친구 집에 직접 전화를 해서 혼을 낸 학부형도 있었나 보다. 어린애가 왜 삐삐 같은 어른들 물건을 학교에 가져와서 다른 애들 샘이 나게 하고, 나쁜 영향을 미치느냐는 것이다. 삐삐를 사줬던 그 친구의 엄마도 화가 나서 '내가 내 딸 사준 건데 당신들이 왜 그러냐'고 하며 서로 싸우기도 한 모양이다. 그 정도로 그 친구가 가져왔던 작은 삐삐는 모두에게 충격을 줬다.

□ 여기서 잠깐 삐삐를 모르는 사람들을 위해 설명하자면, 삐삐는 지금의 전화와 아주 다르다. 일단 삐삐로는 전화를

받을 수도, 걸 수도 없다. A라는 사람이 B라는 사람의 삐삐에 연락받을 전화번호를 전송하는 것이다. 그러면 B가 조그만 액정화면에서 전화번호를 확인하고 A에게 전화를 한다. 그러니까 A가 B를 호출하는 것이다. (삐삐의 정식 명칭은 '무선호출기'이다.)

□ 각 번호마다 음성사서함이 있어서 짧은 음성 메시지를 남길 수도 있다. 그러면 음성 메시지를 받은 사람이 집전화나 공중전화로 자신의 삐삐 사서함에 전화를 걸어 비밀번호를 누르고 메시지를 듣는다. 이 음성은 시간이 지나면 자동으로 지워진다.

□ 숫자를 전송하고 확인할 수 있는 삐삐의 기능을 활용해 사람들은 486(사랑해), 012486(영원히 사랑해), 7979(친구친구), 1010235(열렬히 사모) 같은 숫자를 주고받았다. 4444(죽어죽어)를 받고 우는 애들도 있었다. 사람 이름으로도 암호를 정했는데 영희는 02, 지영은 70, 한별은 1* 이런 식이었다.

□ 당시엔 시티폰이라는 것도 반짝 나왔다. 휴대폰인데 전화를 걸 수만 있고 받을 수는 없는 것이다. 삐삐와 시티폰을 동시에 가지고 다니며 삐삐로 호출을 받으면 시티폰으로 전화를 걸었다. 시티폰은 휴대폰이 나오자마자 빠르게 없어졌다.

1995년의 소동도 잠시, 세상은 엄청난 속도로 변하고 있었다. 중학교 2학년으로 올라가니 제법 많은 애들이 삐삐를 가지고 다녔다. 삐삐는 하나같이 앙증맞고 예뻤다. 정말 부러웠다.

삐삐가 없는 나는 141 사서함이라는 것을 만들어 애들에게 그걸 알려주곤 했다. 141에 전화를 걸어 내 사서함 번호를 치면 내가 직접 녹음한 인사말이 나오고, 방문자가 음성을 녹음할 수 있는 식이었다. 지금으로 따지면 녹음이 되는 트위터 비스무리하다고 해야 하나?

이땐 방송국 프로그램이나 유명 연예인, 아이돌이라면 모두 사서함이 있었다. 아이돌 팬들은 아이돌 사서함에서 그날의 스케줄을 확인하곤 했다.

"오늘의 일정은 가요톱텐 녹화입니다."

후에 젝스키스 편에서 언급하겠지만 아날로그 덕질은 무척이나 험난하고 귀찮다. 엄마한테 나도 삐삐를 사달라고 하니, 대답이 걸작이었다. 대학 들어가면 사준다는 것이다. 나도 내가 대학 들어갈 때나 삐삐를 가질 줄 알았다. 그런데 세상이 변하는 속도가 내가 대학가는 속도보다 빨랐다. 중3이 되자 모든 사람들이 삐삐를 가지고 다니기 시작했다!

중학교 3학년 때 나는 PC통신 천리안으로 안동에 사는 선빈이라는 남자애와 알게 되었다. 선빈이는 자신을 주인공으로 한 소설을 쓰고 있었고 그 소설 내용을 매일 조금씩 나에게 보여주곤 했다. 소설 주인공에게는 단짝 친구가 있었는데 거기에 내 이름을 따 '이다'라고 붙였다.

선빈이는 자신의 키가 175라는 둥, 학교 짱이고 공부도 잘한다는 둥, 자기 집이 부자라는 둥 믿을 수 없는 소리를 많이 하긴 했지만 글 하나는 정말 참 잘 썼다.

나는 그런 선빈이와 매일매일 소설 얘기를 하며 놀았다. 소설 속 선빈이와 이다는 굉장히 애틋했다. 소설 속에서 선빈이는 이다를 좋아했다. 나도 얼굴도 본 적 없는 그 애가 좋았다. 관계가 지속되어 손편지로 서로 사진을 주고받았는데 얼굴도 꽤 괜찮았다.

우리는 일종의 가상 데이트를 했는데 지금 생각하니 매우 민망하다. 통신에서 글을 통해 뽀뽀도 하고 손을 잡기도 했다. 우린 명백한 '통신 애인'이었다. 그러다 선빈이가 어느 날 소포를 보내왔는데 그 안에는 노란색 삐삐가 있었다!

삐삐를 선물로 주다니! 세기말 키드로서 상상도 할 수 없는 선물이었다. 이 비싼 것을, 이 귀한 것을. 선빈이는 정말 부자인가? 마음속에 선빈이에 대한 애정이 더욱 커졌다. 나는 삐삐를 숨겨 놓고 엄마 아빠 몰래 선빈이와 메시지를 많이 주고받았다. 그렇게 선빈이와 나는 풋풋한 사랑을 키워갔고 몇 년 후에 우리는 안동에 있는 대학교에 함께 합격해 사랑을 이어 가는데…는 개뿔.

삐삐를 받은 지 한 달도 안 되어 엄마가 생일 선물로 빨간 삐삐를 사줬다. 선빈이가 준 삐삐는 탁한 노랑이라 그리 맘에 들지 않았었는데, 엄마가 사준 빨간 삐삐는 투명한 신제품이었고 정말 깜찍했다. 나는 졸지에 삐삐가 두 개가 됐다.

게다가 난 그 사이 통신으로 또 다른 남자애를 만났다. 그 애는 신이라는 아이였고 키가 정말로 180센티였다. 잘생기진 않았지만 만화 속에 나오는 2D 캐릭터처럼 매력적으로 생겼었다. 심지어 신이는 우리 동네에 살았고, 알게 된 지 일주일도 안 되어 첫키스를 했다. 십대의 사랑이 이렇게 허망하다.

졸지에 낙동강 오리알이 되어버린 선빈이와 노란 삐삐…. 나는 선빈이에게 다른 남자친구가 생겼으니 삐삐를 돌려주겠다고

했고, 선빈이는 그냥 가지거나 버리라고 했다. 이러지도 저러지도 못한 나는 삐삐를 옥상에서 집어던져 깨버렸다. 벌을 받은 것인지 신이와 나의 관계도 10일 만에 깨졌다.

'싸이월드'라는 것이 세상에 등장했을 때 나는 선빈이의 풀네임을 찾아보았다. 선빈이는 사칭이 아니었다. 실제로 공부를 잘했고, 부잣집 아이였다. 선빈이가 번듯한 2층 양옥집 앞에서 잘생긴 얼굴로 활짝 웃는 사진을 보니 뭔가 배가 슬슬 꼬였다. 내가 편지에서 봤던 바로 그 얼굴이었다.

나는 그때서야 옥상에서 던진 노란 삐삐가 매우 아까워졌다. 쩝.

박진영과 누드 사진

"박진영의 비닐바지, 노팬티 바지, 망사 셔츠"

세기말 틴에이저 시절의 나는 박진영을 좋아했다. JYP의 그 박진영 맞다. 내가 좋아한 수많은 강렬한 남자들 중에서도 박진영은 손에 꼽는다.

가수 박진영을 처음 본 것은 1993년 그러니까 내가 12살일 때다. 당시 나는 일요일마다 시내에 있는 교회에서 어린이 예배를 드린 후, 롯데리아에서 혼자 800원짜리 감자튀김 한 봉지나 닭튀김을 하나 먹고 버스를 타고 집에 돌아오는 패턴을 갖고 있었다.

그렇게 집에 돌아오면 딱 오전 11시였는데 그 시간에는 출발 드림팀의 일반인 버전 같은 프로그램을 했다. 프로그램의 이름은 잘 기억나지 않지만 많은 세기말 틴에이저들은 봤을 것이다. 취업 준비 중인 젊은이들이 대규모로 출연해 여러 몸싸움, 머리 싸움으로 순위를 겨루고, 마지막에 한두 명 남은 사람들은 고공에서 줄타기 같은 것을 시킨다. 그렇게 마지막에 단 한 명이 남으면 모집한 기업에 취직을 시켜준다. 지금 생각하면 어이가 가출하는 프로그램이다.

이름도 기억나지 않는 이 프로그램에 당시 신인 박진영이 출연했던 것이다. 내가 기억하기로 가요 프로그램에도 나오기 전이었던 것 같다. 박진영은 흙바닥에서 열심히 〈날 떠나지마〉를 열창(립싱크)했다. 지금도 나는 박진영의 음악 중 가장 명곡이 〈날 떠나지마〉라고 생각하는데 그때는 얼마나 더 좋게 들렸을까. 나름 음악을 즐기고 있는데 간주 부분에서 박진영이 갑자기

뒤를 돌더니 자기 엉덩이를 양 손으로 쓸어 올리는 것이 아닌가!

혼자 텔레비전을 보면서 나는 "으악!" 소리를 질렀고 혹시나 엄마 아빠가 오지 않았나 주변을 두리번거렸다. 깜짝 놀란 것은 텔레비전 너머의 나뿐만이 아니었다. 방송에 출연하고 있던 일반인들과 진행자도 깜짝 놀란 모양이었다. 난 남자가 자기 엉덩이를 뽐내는 모습을 태어나서 그때 처음 보았다.

그런 박진영을 보고 나는 묘하게 사로잡혔다. 처음엔 이상해서 관심이 갔는데 그에 대해 알아볼수록 점점 맘에 들었다. 학력 지상주의 시대에 살고 있던 틴에이저로서 연세대 지질학과 재학 중이라는 것도 멋있게 보였고, 모든 노래를 자기가 작곡, 작사했다는 것도 대단해 보였다. 춤도 잘 추고, 노래도 잘 만들고, 공부도 잘하고, 키도 크고, 몸매도 좋고, 말도 잘하고. 틴에이저인 나에게 그때의 박진영은 얼굴만 빼고 완벽해 보였다.

박진영의 이미지는 젊을 때나 중년인 지금이나 비슷하지만 당시 20대인 박진영은 젊음으로 버무려지는 어떤 의미의 매력이 존재했다. 게다가 당시 텔레비전은 지금의 4K 고화질 화면이 아니었다. 지금처럼 얼굴이 선명하게 잡히는 것도 아니었다. 직캠도 없었다. 박진영은 멀리서 전신을 잡으면 '섹시한 몸으로 춤을 추는 키 큰 남자'로 충분히 보일 수 있었다. (남들한테도 그랬다는 것은 아니다.)

나는 박진영을 참 편안히 좋아했다. 뭐 그런 사람을 좋아하냐는 비웃음만 넘겨버리면 되었다. 학교에서 연예인 잡지를 잘라 나누어 가질 때도 다들 박진영은 원하지 않았기 때문에 별다른 싸움 없이 페이지를 모두 챙길 수 있었다.

내가 박진영을 좋아하는 것을 눈치 챈 엄마는 매우 싫어했다. '어떻게 좋아해도 저런 걸 좋아하냐'는 것이었다.

"아가 눈이 삐었나…."

음, 나는 그 후로도 이 말을 굉장히 많이 듣게 된다.

어느 날 아빠와 엄마 나, 세 가족이 동그란 식탁에 둘러앉아 밥을 먹는데 텔레비전에서 박진영의 뮤직비디오가 나왔다. 슬픈 고릴라의 얼굴로 비에 젖어 섹시빔을 쏘며 춤을 추는 모습을 보고 나는 차마 밥을 씹어 넘기지 못했다. 엄마 아빠도 잠시 밥을 씹는 것을 잊고 "뭐 저래 생겼노" 하는 말을 내뱉었다. 비에 젖은 슬픈 고릴라가 자기 몸을 쓰다듬으며 여자와 야릇한 춤을 추자 엄마는 "밥 먹는데 추잡스러워서 못 보겠다"라며 채널을 급하게 돌렸다. 나는 안도의 한숨을 내쉬었다.

박진영의 비닐바지, 박진영의 노팬티 바지, 박진영의 망사 셔츠, 박진영의 옆이 모두 트인 바지 등등을 나는 모두 생방송으로 봤다. 다행히 수요일에 하는 〈가요 톱텐〉은 엄마 아빠가 집에 없는 수요예배 시간이 겹쳐서 혼자 볼 수 있었다.

박진영은 하다 하다 심지어 누드 화보 촬영까지 하고야 만다. 인터넷도 없던 그 시대에 박진영의 누드 화보 소식을 내가 어떻게 알았는지는 모르겠지만 나는 발매 당일 서점에 가서 잡지를 샀다.

당시 잡지 이름은 기억나지 않지만 표지에 '박진영 누드'가 찍혀 있었던 것은 기억이 난다. 서점 주인 아저씨가 혹시나 이상하게 보지는 않을까, 사지 말라고 하지는 않을까, 엄마 아빠에게 이르지는 않을까 사면서 굉장히 조마조마했다.

나는 잡지를 가방 깊숙이 숨기고 집 옥상으로 올라가 두근두근 하는 마음으로 잡지를 펼쳐보았다. 막상 실체를 보니 섹시하

다는 느낌은 전혀 들지 않았다. 이걸 뭐 어떻게 판단해야 할까? 좋아해야 할지 싫어해야 할지…. 굉장히 복잡한 마음이었다.

여하튼 그때부터 박진영에 대한 나의 애정은 정점을 찍고 하락하게 된다. 결국 나는 그 잡지를 집에 두지 못했다. 그 잡지와 다른 사진들을 모아서 검은 비닐로 꽁꽁 싸 옥상 위의 제일 높은 곳에 던져 놓았다. 비가 엄청 많이 온 다음 날 가보니 잡지는 모두 물에 퉁퉁 불어 있었다. 박진영의 누드 사진도 물에 젖어 손만 대면 바로 찢어져버릴 것 같았다.

다행히도 나의 박진영에 대한 사랑은 오래 가지 않았다. '아이돌'이 데뷔했기 때문이다. 아이돌(1996년에 데뷔한 2인조 댄스그룹명)이 데뷔하자마자 나는 아저씨인 박진영을 당장 내다버렸다.

나랑 동갑인 아이돌 세성이가 있는데 박진영이 웬 말인가!

박진영에 대한 사랑은 사라졌지만 박진영은 사라지지 않았다. 추잡하다고 욕하던 우리 엄마마저도 〈그녀는 예뻤다〉를 듣고 대단한 음악성이라며 다시 봤다고 했다. 박진영의 노래는 늘 히트쳤고 박진영은 본격적으로 가수를 프로듀싱하고 어느새 기획사 사장이 됐다. 인터넷이라는 것이 세상에 생기고, 시간은 흐르고 흘러 유명인을 놀리는 분위기가 사회에 만연하자 내가 알던 그 비닐바지와 누드 사진이 세상 밖으로 뛰쳐나오기 시작했다.

그때서야 나는 왜 내가 누드 사진을 보고 애정이 식어버렸는지 알 수 있었다. 나는 이 모든 사실들을, 심지어 박진영을 섹시하다고 생각했던 잠시의 어린 마음을 흑역사로 보존하고 묻어버렸다. 바로 오늘까지 말이다.

펜팔

"잡지를 보면 뒤에 반드시
펜팔 코너가 있었다."

　세기말엔 다들 펜팔(Pen pal, 편지 친구 또는 편지로 친구를 사귀는 일을 가리킴)을 많이 했다. 난 내 세대가 적극적으로 펜팔을 한 마지막 세대라고 생각한다. 역시 이 지구 마지막 아날로그 어린이.

　세기말엔 어린이 잡지가 많았다. 많이들 아는 『새벗』, 『소년조선일보』, 『꾸러기』 뭐 이런 것들이 있었고 『어린이 두란노』 같은 기독교 어린이 잡지도 있었다. 『아이템플』 같은 학습지에서도 잡지가 나왔다. 그런 잡지를 보면 뒤에 반드시 펜팔 코너가 있었다. 펜팔 코너에는 이름과 나이, 성별, 취미, 특기 등이 적혀 있었고 주소가 함께 나와 있었다. 친구를 원하는지, 애인을 원하는지, 오빠를 원하는지(?)까지 적혀 있다. 취미는 한결같이 다들 독서나 음악 감상이라고 썼다. 펜팔 코너는 당시 잡지라면 아이가 보는 것이나 어른이 보는 것이나 다 있었다. (지금 생각하면 뭘 믿고 남한테 주소를 알려주는지 소름이 쫙 끼칠 일이다.)

나는 그 코너를 보고 프로필이 마음에 드는 애들에게 편지를 보내곤 했다. 예쁜 편지지를 사고, 자기소개를 정성껏 했다. 사진을 같이 보낸 적도 있다. 대부분 답장이 왔던 것 같다. 편지는 오래 이어지기도 하고, 한두 번으로 끝나기도 했다.

6학년 때 나도 당시 보던 『어린이 두란노』 잡지 펜팔 코너에 내 소개를 보냈다. 소개가 실리자 편지가 많이 왔다. 우체통 열 때마다 내 편지가 하나씩은 꼭 있었다. 지금에야 이메일 함에 메일 들어 있는 것은 아무렇지도 않지만, 그때는 엄청 설레는 일이었다. 새로운 사람을 만나거나 편지를 주고받는 것이 극히 드문 일이었기 때문이다. 난 다양한 애들과 편지를 많이 주고받았다. 세기말 어린이는 언제나 심심했기 때문에 더욱 그랬다.

그중 오래 편지를 주고받았던 여자애가 있었다. 이름이 기억나지 않으니 대충 은비라고 해보자. 은비는 시골에 살았다. 시골에 살면 순진하고 털털할 것이라는 편견과 달리 은비는 정말 발랑 까진 초딩, 아니 국딩이었다. 온갖 나쁜 짓은 다했던 것 같다.

6학년이 벌써 술 마시고 담배도 펴보고 온갖 이상한 소리는 다 했다. 지금 생각해보면 술, 담배는 입에 살짝 대본 것을 해봤다고 오버한 것이 아닐까 싶다.

은비는 부모님은 없고 할머니랑 같이 살았던 것 같다. 당시 시골에서 농사나 고기잡이 등으로 부모님이 아이를 못 돌보고 할머니한테 맡기는 것은 흔한 일이었다. 시골 아이들은 집에 혼자 남겨져 있는 일이 많았고, 그러면 남녀 나이 구별 없이 한 집에서 어울리는 경우가 생겼다. 은비도 중학생 오빠들과 어울리며 키스를 해봤다고 했다. 어린이가 키스를 하다니 당시 나에겐 너무 멋진 일이었다. 솔직히 부럽기도 했다.

그러다 은비는 어느 날 나한테 이상한 사진을 보냈다. 잡지를 보다 잘라서 보낸다며, 네가 싫어할지도 모른다는 말을 했던 것 같다. 사진 크기는 우표 하나만 했다. 나는 아무리 봐도 그게 뭔지 이해가 안 됐다. 신체 부위인 것은 알겠는데 이해를 할 수가 없었다. 인체 해부도에도 없는 모습이었다. 나는 그 사진을 숨겨 놓고 시간 날 때마다 꺼내보며 뭔지 고민했다. 며칠이 지나서야 그게 여자 성기를 손으로 벌리고 찍은 사진이라는 것을 알았다.

은비와의 펜팔은 오래 가지 못했다. 엄마가 우연히 은비의 편지를 봤고, 펜팔한 편지를 다 가져오라고 호통을 쳤다. 엄마는 편지의 내용을 보고 경악했다. 은비가 발랑 까진 건 눈치 챘지만 국딩 주제에 이런 놈이 어디 있냐며 부들부들했다. 편지는 박박 찢겼다. 나는 은비를 그리 좋아하지 않았기에 슬프지는 않았던 것 같다. 그 대신 비밀을 들켰다는 수치심이 더 컸다.

천만다행으로 그 이상한 사진은 걸리지 않았다. 사진 크기가 너무 작아서 엄마가 편지를 뺄 때 바닥으로 떨어졌기 때문이다. 나는 용서를 비는 척하며 필사적으로 사진을 손바닥 아래에 숨겨 주머니에 넣었다. 휴. 엄마가 그걸 봤다간 기절했을지도 모른다.

그 후로 엄마가 나한테 오는 편지를 한동안 감시했다. 은비한테 온 편지는 엄마가 먼저 인터셉트해버린 것 같다. 다행히도 감시는 오래 가지 않아 나는 다시 친구들과 편지를 주고받았다. 이제 멀리 있는 모르는 애들하곤 펜팔을 하지 않았다. 지금 생각하면 은비가 성에 일찍 눈에 뜬 것이 과연 은비의 탓이겠나 싶어 마음이 좋지 않다.

편지가 오면 봉투에 붙은 우표도 잘라서 모았다. 우표와 종이를 같이 잘라 물에 담가 놓으면 우표에 붙은 풀이 풀어져 종이와 분리된다. 그럼 우표만 말려 우표 보관함에 넣었다. 아빠한테는 외국 선교사들에게 편지가 많이 와서 나는 모을 게 많았다. 물론 동네 애들이 우표 때문에 편지를 훔쳐가는 일도 많았다.

편지를 쓸 때는 글씨체도 중요하고 함께 보낼 시도 중요했다. 시는 주로 장 수를 채우기 위해 쓰였다. 편지를 한 장만 보내면 성의 없어 보인다고 생각했다. 그래서 항상 편지는 2장이나 3장을 써야 했다.

편지를 채우기 위해 시집을 샀고, 다른 애가 보낸 시를 베껴 다시 쓰기도 했다. 친구들 중에는 시 노트를 만든 애들도 있어

그걸 빌려보기도 했다. 나도 나중에는 시 노트를 따로 만들어 좋아하는 시를 모아서 적어 놨다.

흔하거나 교과서에 나오는 시를 쓰는 것은 멋이 없었다. 남들이 잘 안 쓰고, 최근에 나온 시를 베껴 써야 멋있는 것이었다. 당시엔 중고등학생들이 편지 때문에 시집을 많이 사서 서점엔 시 코너가 따로 있었다. 그때 나는 도종환의 『접시꽃 당신』이라는 시집을 제일 좋아했다.

고등학교에 올라가서는 반팔(반 pal)이라는 것을 했다. 이건 세기말 키드들에게도 흔한 풍습은 아니었다. 예를 들자면, 유성여고 2학년 3반과 대동남고 2학년 5반이 단체로 편지를 주고받는 것을 반팔이라고 한다. 반팔 주선자가 각각 1명씩 있었고 이들은 특정 일자에 학원이나 교회에서 만나 편지 뭉치를 서로 교환했다.

첫 편지는 대부분 남자들이 보냈다. 수십 장의 편지가 한꺼번에 반에 도착하면, 펜팔을 할 아이들이 각자 맘에 드는 편지를 골랐다. 당연히 여자애들은 글씨를 보고 편지를 골랐기 때문에 남자애들도 글씨를 잘 써서 보내는 아이들이 많았다. (글씨를 잘 쓰는 애들에게 대필을 해달라고 하는 경우도 있었다.)

첫 편지엔 자기소개와 펜팔을 하면 앞으로 어떻게 하고 싶은지, 어떤 여자애와 펜팔을 하고 싶은지가 적혀 있었다. 보통 본명을 밝히지 않고 닉네임을 썼다. (내가 고른 편지 중 하나는 '턱시도 가면'이 '세일러문'에게 보내는 것이었다.) 편지는 오는 날, 보내는 날이 정해져 있었고 이날까지 자율적으로 편지를 써 주선자에게 줬다. 주선자는 편지 간수를 잘해야 했다. 잘못해서 선생님이나 부모님에게 걸렸다가는 수십 명의 목숨이 위태로웠다.

고2 때 나에겐 이메일이라는 것이 생겼다. 엄밀히 말하면 아빠 이메일 아이디였다. 이때는 가족 모두가 한 이메일을 쓰기도 했다. 나는 아빠 이메일 주소를 가르쳐주면서 '아빠 건데 내가 볼 수 있어' 같은 말을 덧붙였다. 고3 때는 한메일이란 게 생겼고 나도 가입을 했다. 아이디를 무엇으로 할지 엄마랑 한 2시간은 고민한 것 같다. 나는 내 본명의 근원을 따라 starwasborn이라는 아이디를 지었다. 이 아이디로 많은 이메일을 주고받았고 이때를 기점으로 이 세상에는 더 이상 종이로 된 펜팔 같은 것은 없어지고 말았다.

펜팔을 하고 손으로 편지를 쓰던 시절을 그리워하며 가끔 편지지를 산다. 하지만 정작 손으로 편지를 쓰려고 하면 갑자기 귀찮다. 그리고 이 과정이 뭔가 불합리하게 느껴져 그만두게 된다. 아날로그 키드가 디지털 어른이 된 지는 이미 오래 되었다.

핸드폰

"핸드폰이 내 손에 생기자
온 세상이 내 것 같았다."

세기말 틴에이저가 드디어 삐삐를 가진 지 얼마 되지도 않았
는데 이젠 애들이 학교에 핸드폰을 들고 오기 시작했다. 아니 핸
드폰이라니 너무하잖아!

나랑 한 다리 건너 알음알음 친하던 혜령이란 아이가 먼저였
다. 혜령이는 부모님이 죽도시장에서 큰 상점을 운영하던 부잣
집 아이였다. 당연히 가방도 신발도 코트도 다 브랜드였다. 그
애가 처음 휴대폰을 학교에 가져오던 날 온 학교가 난리가 났다.
애들은 줄을 서서 휴대폰 한번 만져보려고 난리였고, 돈을 주며
통화를 해볼 수 있게 해달라는 애들도 있었다. 나는 핸드폰도 부

러웠지만, 아이들의 시선도 부러웠다.

'아아, 나도 핸드폰을 가질 수 있다면!'

아빠는 핸드폰을 사는 것도 괜찮겠다 했지만 엄마는 택도 없는 소리라고 했다. 애가 무슨 그런 걸 가지고 다니냐는 거다. 나는 엄마의 성격을 잘 알았기 때문에 '핸드폰은 꿈도 못 꿀 물건이다' 하고 있었다. 그런데 이럴 수가, 일천구백구십구 년, 그러니까 내가 고2 때 엄마가 핸드폰을 사주겠다는 것이다. 헉.

그것은 외할매가 포항에 다녀간 다음이었다. 외할매가 엄마에게 이다한테 핸드폰 사주라며 돈을 줬다고 한다. 요즘 애들은 이런 것도 있고 해야 한다, 애들 다 있는 거 혼자 없는 것도 안 좋다 하면서 사주라고 했단다. (눈물 주룩.) 외할매는 내가 친척 언니들처럼 비싼 게스 청바지를 못 입고 다니는 것에도 나보다 더 신경 쓰시던 분이다. 외할매의 은혜는 하늘같구나.

핸드폰이 내 손에 생기자 온 세상이 내 것 같았다. 핸드폰은 아래쪽의 플립만 열리는 모델이었다. 신기종도 아니고 예쁜 폰도 아니었지만 그게 문제가 아니었다. 오직 나만의 통신 수단이 생긴 것이다! 내가 문자를 하고 전화를 하는 것을 아무도 모르게 할 수 있다. 이제 '전화 온 애 누구냐'는 물음에 대답할 필요도 없고, 꼭 전화를 해야 대화를 할 수 있는 것도 아니다. 아싸, 신

세계 만세. 21세기 만만세.

그런데 핸드폰을 쓰는 것에는 상당한 자제가 필요했다. 지금이야 공짜 통화와 공짜 메시지가 무한정 가능하지만 그때만 해도 한 달에 3만 얼마에 통화 100분, 메시지 100개가 세트였다. 메시지 100개라니 장난하세요? 전화 한 시간을 하면 요금이 딱 만 원 나왔다. 집 전화 요금과 비교도 안 되게 비쌌다. 그 때문은 아니지만 나와 첫 핸드폰은 오래 함께 하지 못했다.

때는 고2, 내가 18살 때다. 당시 반팔로 만나 사귀던 남자친구 세이가 서울로 이사를 갔다. 사귄 지 일주일 만에 이사를 간 거라 늘 보고 싶었다. 그러다 고3 올라가기 전 봄방학, 그러니까 2000년 2월 말에 나는 학교에서 2박 3일로 경주 화랑 수련원을 간다고 구라를 치고 서울로 세이를 보러 갔다. 지금 생각하니 간도 크다.

고속버스를 타고 혼자 서울로 올라간 세기말 틴에이저. 먼저 세이와 만나 그 집에서 놀다가 가방을 두고 서울 시내로 놀러 갔는데 그것이 사건의 시작이었다. (10대의 허술함이란) 오, 노. 누가 봐도 여자애 가방이 확실한 빨간 체크무늬 가방을 보고 세이 엄마가 우리 엄마에게 니네 딸 여기 있노라고 전화를 한 것이다!

엄마와 아빠 모두 노발대발 집 안은 해까닥 뒤집어졌다. 내 생애 19년 동안의 가장 강력한 사고였다. (아직도 전설적으로 가끔 회자된다.)

"니 미쳤나? 니가 어떻게 이럴 수가 있노?"

엄마는 충격으로 말도 제대로 하지 못했다. 세이 엄마가 우리 엄마한테 딸 교육 잘 시키라는 말까지 해서 엄마는 더 화가 났을

136

것이다. "니한테 무슨 일 있으면 나도 죽고 다 죽이뿐다" 엄마는 전화 너머에서 울먹거렸고 나도 지하철에서 엉엉 울었다. 세상이 무너진 것 같았다, 아니 실제로 무너졌다.

시간이 늦은 밤이었기 때문에 바로 포항으로 내려가지 못하고 나는 양 부모님의 합의 하에 세이 집에서 하룻밤을 잤다. 세이 엄마는 나를 보고 "세이도 키 작은데 너도 키가 작니, 둘이 결혼해서 애 낳으면 난쟁이 낳으려고 그러니?" 하면서 핀잔을 줬다. 아이구, 지나치게 앞서 나가십니다.

다음 날 일찍 출발해 포항에 도착했다. 엄마 아빠가 그렇게 화내는 것은 처음 봤다. 생각보다 많이 두들겨 맞지는 않았는데 차라리 맞는 게 낫다 싶을 정도였다. 엄마는 핸드폰을 내놓으라고 했다. 그리고 비밀번호를 풀어서 문자를 다 보이라고 했다. 그건 안 됐다. 죽어도 안 됐다. 세이가 스킨십을 암시하는 문자를 보낸 것이 있었기 때문이다. 죽어도 거부하자 엄마가 핸드폰을 집어던지고 폴더를 부러뜨려버렸다. 휴. 핸드폰이 부서지는 것을 보며 나는 안도의 한숨을 내쉬었다. 저게 차라리 낫다.

그런데 핸드폰이 날아가며 빠직하고는 탈착 배터리가 분리되었다. 그 안에는 세이와 찍은 스티커 사진이 있었다. 그것은 심지어 뺨에 뽀뽀를 하고 찍은 사진이었다. 그것을 들키면 나는 영

원히 용서받지 못할지도 몰랐다. 나는 손톱만 한 스티커 사진을 발로 차 침대 아래로 집어넣었다. 절체절명의 순간이었다. (그러고 보니 펜팔 에피소드와 데자뷰가 느껴진다. 틴에이저에겐 무엇보다도 민첩성이 중요하다는 것을 알 수 있다.)

한바탕 시련이 지나가고 엄마는 핸드폰을 화장실 쓰레기통에 버렸다. 나는 그걸 뒤져 핸드폰을 다시 켜보았다. 이럴 수가, 앞판과 뒤판이 거의 분리되었는데 핸드폰은 멀쩡했다. (LG 싸이언 당신은⋯) 나는 폰을 초기화시키고 다시 원래대로 쓰레기통에 잘 넣어두었다.

그 후 엄마는 나와 약 한 달 간 말을 안 했다. 나는 완전 팍 엎드려 숨죽여 지냈다. 세이와도 한동안 연락을 안 했다. 집안 분위기는 까딱만 해도 다 부서질 살얼음판 같았다. 덕분에 공부는 잘 됐다. 엄마 앞에 안 나타나면서 뭐라도 하는 척을 해야 했기 때문에 가식적으로라도 열심히 했다. 세이와는 공중전화와 친구 핸드폰으로 연락했다. 나중에는 일주일에 한 번 정도밖에 전화를 못 했다. 공부하는 척을 하다 보니 어느새 공부가 잘 되었고, 세이를 보려면 서울로 가야 했기 때문에 나는 공부를 정말 열심히 했다.

그리고 2001년, 나는 서울에 있는 대학에 운 좋게 합격하게 된다. 엄마는 거금 30만 원을 들여 하얀 싸이언 폴더 폰을 사줬다. 당시 하얀색 폴더는 흔하지 않아서 나는 학교에서 아이들의 엄청난 부러움을 샀다.

나는 01학번으로 서울여대에 다니게 되었고 공릉동에 있는 학교 기숙사에서 살게 되었다. 이제 세이와 서울에서 만날 수 있게 되었다. 핸드폰은 있고, 엄마 아빠는 없었다. 아무 방해물도 없이 일반적인 연인들처럼 매일 연락하고 데이트를 했다.

그리고 4개월 만에 헤어졌다. 음, 엄빠에게 들키지만 않았어도 고등학교 때 헤어졌을 것이다. 이후로 내 핸드폰은 지금까지 10번이 넘게 더 바뀌었다. 하얀 폴더 폰이 밀어올리는 폰으로 바뀌고, 컬러 액정으로 바뀌었다. 컬러 액정은 스마트폰으로 또 바꿔었다. 핸드폰이 바뀌는 것만큼 연애 상대도 바뀌고 인연도 바뀌었다. 이젠 부모님이 집어던져 핸드폰이 부서질 일도 없다. 아니, 엄마 아빠는 내가 이젠 좀 연애를 해서 시집을 갔으면 하는 마음뿐일 것이다. 음, 마음껏 하라는데 굳이 안 하는 걸 보면 어릴 때 청개구리 얘기를 너무 많이 읽어서임이 분명하다.

P.S.B 와 S.B

"오빠들은 모두 암호를 붙여 불렀다."

세기말 틴에이저 시절, 나는 이성에 관심이 많았다. 아니, 세기말 키드 시절부터 이성에 관심이 많았다. 유치원 때부터 영식이라는 애를 짝사랑했으니 거의 나라는 인간의 태동과 함께 사랑이 시작되었다고 봐도 과언이 아니다. 나는 이성에 관심이 매우 많았고, 좋아하는 감정 그 자체를 즐겼다.

내가 누군가를 좋아하게 되는 이유는 한두 가지가 아니었다. 잘생겨서, 키가 커서, 말을 잘해서, 춤을 잘 춰서, 옷을 잘 입어서, 나한테 잘해줘서, 성격이 웃겨서, 인기가 많아서, 나를 쳐다봐서, 노래를 잘 불러서, 농구를 잘해서, 목소리가 예뻐서, 나를 불러줘서 등등…. 이중 한 가지만 해당된다고 해도 나는 금세 사랑에 빠져 그 아이를 좋아했다. 짝사랑도 지조가 있었던지라 한 번 좋아하면 꽤 오래 좋아하곤 했다.

물론 두세 명을 한꺼번에 좋아한 적도 있다. 그러니까 누군가를 좋아하지 않는 시간이란 존재하지 않았다. 누군가를 좋아하는 것에 그치지 않고 난 꼭 수첩이나 일기에 정리를 했다. 그 애의 어떤 점이 좋은지 꼼꼼하게 적어두었던 것이다. 처음엔 당당하게 썼났는데 엄마한테 걸려서 몇 번 혼나고 나서는 암호화하거나 글 위에 색연필로 패턴을 그려서 못 알아보게 만들었다.

내가 입학한 태흥중학교는 원래 남학교였다. 그러다가 남녀공학으로 바뀌었다. 그러니까 2, 3학년은 남자들만 있고, 1학년은 남녀공학, 그것도 합반이었다. 우리가 입학할 때 드디어 여자가 들어온다고 온 학교가 난리가 났다고 한다.

남자를 너무 좋아했던 세기말 틴에이저 입장에서 남자가 여자의 세 배나 많은 태흥중학교는 거의 천국이었다. 잘생긴 남자애들도 많았다. 태흥중학교는 당시 포항의 강남이라 불리던 지역에 있었다. 대부분 잘 사는 집 애들이었고 영양 상태가 좋은지 키 큰 애들도 많았다. 게다가 다들 옷도 잘 입었다. (틴에이저의 멋짐 기준=브랜드)

　　누군가를 좋아하고야 말겠다고 눈을 부릅뜨고 노획물을 찾는
세기말 틴에이저에게 태흥중학교는 황금어장이었다. 이런 아이
들은 반드시 비슷비슷한 아이들과 어울리기 마련이다. 나는 당
시 친하게 지내던 친구들과 각자 좋아하는 오빠들을 공유했다.
오빠들은 모두 암호를 붙여 불렀다.

　　P.S.B: Pretty Sexy Boy

　　P.B: Pretty Boy

　　P.P.B: Pretty Piano Boy

　　S.H.B: Study Handsome Boy

S.B.K: Study Boy Ku

S.B: Shy Boy

M.S.D: Manner Smile Dancer

이런 식으로 말이다. 나는 이 암호들을 수첩에 빼곡히 기록했다. 요즘 같았으면 사진도 찍어 엑셀로 기록했을 것이다. 지금보니 쪽팔려서 다시 안 보고 싶지만 그땐 정말 진지했다.

오빠들을 좋아하지만 딱히 사귀고 싶은 마음이 있는 것은 아니었다. 솔직히 그땐 연애가 뭔지도 모를 때였다. 오빠들은 일종의 아이돌이었고 즐거움이고 눈요기 대상이었다. 누군가를 좋아하고 보고 싶은 마음으로 학교를 가니 학교도 재미있었다. 반 창문에서 운동장을 내려다보며 운동장에 암호 오빠가 있는지 없는지 보는 것도 재미있었다.

내가 가장 좋아한 사람은 3학년이었던 P.S.B. 프리티 섹시 보이였다. 줄여서 Pisi라고 불렀는데 이게 미국에서 오줌을 가리키는 발음하고 똑같다는 것을 요즘에야 알았다. 여하튼 P.S.B는 인기가 그리 많지는 않았다. 전교에서 나만 좋아했던 듯하다. 일단 P.S.B는 당시 키가 178 이상으로 컸고, 피부가 까맸다. 쌍꺼풀 없는 눈은 작고 길고, 코는 좀 큰 편이었다. 잘 웃는 스타일은 아니고 무뚝뚝하고 약간 시건방지다고 볼 수 있는 스타일이었다. 얼굴 까만 냉미남계랄까? 요즘이면 인기가 많았겠지만 그때는 아니었다. 다소 시대를 앞서간 미남상이었다고 생각된다. P.S.B 는 학교 뒤 운동장에서 매일 농구를 했다. 나는 친구들과 화장실에 숨어 P.S.B를 매일 지켜봤다.

빼빼로데이에 P.S.B에게 빼빼로도 주었다. 500원짜리 빼빼로를 4,000원이나 주고 포장 전문가게에서 포장을 했다. 우리 반 상미의 친오빠가 P.S.B와 같은 반이어서 전달을 부탁했다. 그런데 상미의 오빠가 말하길 P.S.B가 '걔는 못생기고 뚱뚱해서 싫다'고 했다는 것이다.

나는 그것을 듣고 너무 많이 울었다. 내 자신이 한없이 원망스

러웠다. 생각해보면 이 일이 나의 오랜 외모 콤플렉스의 시작점이었다.

그런데 나중에 알고 보니 P.S.B는 그런 말을 한 적이 없었다고 한다. 지금 생각해보면 상미의 친오빠가 나를 좋아했던 것 같다. 시장에서 상미와 함께 마주쳤을 때 그 오빠의 얼굴이 아직 기억이 난다. 어른의 눈으로 기억해보니 그 얼굴에 있던 것은 나를 향한 연애 감정이었다. 내가 다른 오빠에게 선물과 편지를 전해주라고 하자 기분이 나빠서 나에게 거짓말을 했던 것 같다. 어른이 된 지금은 모든 것이 뚜렷하게 보여서, 어린 시절에 엇갈렸던 인연들이 쉽게 눈에 들어온다.

이렇게 오빠들을 수첩에 정리까지 하면서 좋아했기에 나는 당연히 그때의 마음을 의심하지 않았다. 내가 가장 좋아했던 사람은 역시 P.S.B라고 생각했다.

그런데 최근에 다이어리를 다시 보다 보니 S.B라는 아이가 등장했다. 그 많은 암호들이 누구인지 확실하게 기억나지 않았는데 S.B는 금방 알 수 있었다. 다이어리에는 S.B에 관한 여러 에피소드가 적혀 있었다. 그런데 S.B에 관한 내용은 모두 황칠을 하거나 찢어버려서 알아보기 정말 힘들었다.

S.B는 나와 국민학교 6학년 때 같은 반이었다. S.B도 키가 크

고 얼굴이 까만 남자아이였다. S.B와 나는 6학년 때 꽤 친했고 중학교 올라와서도 그랬는데 어느 날 엄청 심하게 싸웠다. 그리고 절교를 하고 다시 같은 반이 된 중3 때까지 서로 아는 척도 하지 않았다.

그때 왜 싸웠는지 최근까지 기억을 전혀 하지 못했다. 그런데 다이어리를 보니 S.B가 나에게 "3학년 형들하고나 실컷 사귀어라"며 나한테 실망했다고 편지를 보냈다는 것이다. 그걸 보고 갑자기 생각이 났다. S.B와 나는 편지를 주고받는 사이였다…!

S.B가 내 친구에게 '좀 있음 이다 생일인 거 알고 있다. 기대하고 있으라 캐라'며 내 생일에 뭔가 고백과 선물을 준비한 것 같은 내용도 있었다. 내 친구는 S.B에게 "이다가 요새 니 때문에 많이 속상한데 기분 좀 팍팍 풀어줘라"라고 했다고 한다. 대체 나는 왜 S.B 때문에 속상했던 걸까? 이해가 가지 않는다. 어렴풋이 생각해보면 S.B와 나는 이유 없이 싸우고 화해하고를 반복했던 것 같다.

다이어리의 잘 보이는 곳에는 P.S.B의 이름과 오늘 뭘 입고 왔는지가 적혀 있었다. 그런데 잘 보이지 않는 곳에 아주 작게 S.B에 대한 내용이 숨겨져 있었다. 11월 9일의 일기에 보면 내가 S.B에게 이런 편지를 줬다고 한다.

"그냥 우리 친구 사이 되자. 그리고 아는 척 안 해줘도 좋으니까 아주 가끔씩 아주 가끔씩만 날 봐줘."

그리고 그 밑에는 '이제 S.B랑은 끝났다'라고 적혀 있었다. 내가 정말 그런 편지를 썼었다고? 기억이 전혀 나지 않았다. 내가 왜 S.B에게 그런 말을 했을까?

일주일 후, S.B가 나에게 다시 답장을 보냈다. "나도 니 싫다. 3학년 형들하고나 실컷 사귀어라"는 내용이었다. S.B는 내가 3학년 오빠들을 수첩에 마킹까지 해가며 좋아한다는 사실을 알고 나서 엄청나게 화를 내며 편지를 보낸 것이다. 그러나 이쪽도 빡치는 것은 마찬가지였다. 당시의 나는 얼마나 분노했는지 다이어리에서 S.B에 관련된 모든 부분을 다 찢고 황칠을 해버렸다.

30대의 이다는 그 다이어리를 보고 세기말 이다가 실은 다른 누구도 아닌 S.B와 썸을 탔다는 것을 알아차렸다! 충격이었다. 어린 이다가 진짜로 좋아한 건 3학년 오빠가 아니라 같은 국민학교를 나온 동갑 남자애였다. S.B도 마찬가지였던 것 같다. 이 바보 같은 것들은 자기들도 모르게 서로 좋아했던 것이다. S.B는 나를 친구 겸 동창 취급하며 좋아했고 나는 S.B를 오빠들만은 못하지만 그래도 정이 가는 애 정도로 생각하며 속으로 좋아했던 것이다. 그 감정을 인정할 수 없어 다이어리 속에도 아주

작게, 깨알같이 적어 놓았다. 그때는 절대 알 수 없다. 어른의 눈
으로만 보이는 풋사랑이었다.

중3에 올라가 S.B와 나는 한 반이 되었다. 우리 둘은 그때까지
도 절대 한 마디도 나누지 않았고 철저히 서로를 무시했다. 자리
를 바꾸며 S.B와 나는 대각선으로 앉게 되었고 나는 그 긴장감
이 너무 불편했다. 그래서 S.B에게 화해하고 싶다고 편지를 꽃
모양으로 접어서 줬다. 그때 S.B가 편지를 펴보던 모습이 기억
난다. 기억하기로 그 녀석은 그때까지도 날 미워했다.

고등학교에 올라가며 S.B와는 자연스럽게 멀어졌다. 다시 한
번 인연이 닿은 것은 대학교 때였다. 나는 『이다의 허접질』을 출
간하고 나서 몇몇 신문에 나왔는데 S.B가 그 신문을 본 것이다.

S.B는 자기가 지금 군대 때문에 서울에 있다며 시간이 된다면 한번 만나고 싶다고 메일을 보냈다. 그 메일은 당시의 남자친구가 먼저 열어보고 삭제해버렸다. (썩을 놈.) 그렇게 그 인연은 또 한 번 흐지부지되었다.

중학교 때 엄마는 내가 다이어리에 오빠들 암호를 정리해놓은 것, 이상형을 100개나 써놓은 것을 보고 더럽게 남자 밝힌다며 화를 냈다. "니는 자존심도 없나? 남자한테 먼저 좋아한다고 매달리고 난리고. 남자들은 니 같은 여자 싫어한다!" 얼마나 혼이 났는지 모른다.

하지만 나는 그 누구를 짝사랑해도 자존심이 전혀 상하지 않았다. 내가 좋아하면 내가 좋아하는 거고, 내가 매달리고 싶으면 매달리는 것이었다. 상대가 나를 좋아하지 않더라도 그건 나에게 중요하지 않았다. 세기말 이다가 가장 중요시한 것은 내가 좋아하는 것이었다. 연애와 짝사랑은 세기말 틴에이저 이다의 가장 큰 즐거움이자 놀이였던 것이다.

"대부분의 아이들이 게스나
인터크루 티셔츠를 입고 다녔다."

나는 6학년이 되어 태흥국민학교로 전학을 갔다. 아빠가 목회
하던 교회가 그 동네로 이사를 했기 때문이었다. 바닷가의 주공
아파트에 살던 나는 상가 건물 3층에 있는 교회 안 사택에 살게
되었다. 이 학교는 우봉아파트라는 고층 아파트 단지 안에 있었
다. 그래서 애들 대부분이 돈 좀 있는 집 자식들이었다. 지금 생
각해보면 여기가 포항의 대치동이었다. 당연하게도 우리 집 형
편과 몹시 달랐다.

태흥국민학교를 졸업하면 자동으로 옆에 있는 태흥중학교로
가게 되는데 태흥중학교는 당시 경북에서 가장 성적이 좋던 중학

교였다. 아이들을 태흥중학교로 보내기 위해 태흥국민학교 6학
년으로 전학을 많이 왔다. 전학을 너무 많이 와서 전학 온 애들
만 40명이 넘을 정도였다. 당시 우리 반에도 5명이 전학을 왔다.
전학 온 애들이 너무 많아 줄 서서 자기소개를 했을 정도이다.
내가 처음으로 아이들 앞에서 인사할 때를 생생히 기억한다.

"제 이름은 정이다입니다. 항구국민학교에서 전학왔어요. 친
하게 지내고 싶습니다."

그러자 통통하고 까만 남자애가 손을 번쩍 들더니 일어나 말했
다. 지금 떠올랐는데 그의 별명은 흑돼지였다. (아이들의 잔인함)

"실례지만 지금 이다양이 입고 계신 게스 티셔츠가 진짭니까, 가짭니까?"

허, 지금 생각해도 어이가 없다. 이게 지금 청소년 드라마냐? 어떻게 이런 소설 같은 상황이 실제로 일어났냐는 말이다. 그것도 1994년도에 말이다.

나는 당황해서 대답을 하지 못했다. 첫째, 나는 게스가 뭔지 몰랐다. 둘째, 나는 티셔츠가 진짜냐 가짜냐는 질문이 뭔지 이해하지 못했다. 아니, 난 브랜드가 뭔지도 잘 몰랐다.

그런데 태흥국민학교 애들은 아빠가 의사였던 흑돼지처럼 다들 돈과 차, 브랜드에 민감했다. 대부분의 아이들이 게스나 인터크루 티셔츠를 입고 다녔다. 당시 게스 청바지는 20만 원씩 했는데 지금도 비싸지만 그땐 더 충격적으로 비쌌다. (흑돼지는 중학교에 올라가서도 나에게 "이다 너는 뉴에이지 문화에 너무 빠져 있어"라며 아는 척을 했다. 지금 생각하면 지가 뭔 소리 하는지나 알았을지 의문이다.)

태흥중학교에 올라간 후에도 마찬가지였다. 아이들은 대부분 브랜드 가방을 메고 운동화는 나이키나 아디다스만 신었다. 점퍼는 필라나 인터크루를 걸쳤다. 소풍 때는 안전지대를 입고 왔다. 특히 인기 있는 오빠들은 대부분 교복 안에 브랜드 티셔츠를 입었다. 단추를 푼 교복 셔츠 안에 받쳐 입은 브랜드 티셔츠야말로 인기의 상징이었다.

이런 환경 속에서 주눅이 들만도 한데 다행히도 나는 브랜드에 별로 관심이 없었다. 브랜드 옷을 입지 않아도 나는 인싸였고 인기도 많았다. 그보다 '브랜드를 입지 않는 나'를 더 멋있게 생각했다. 엄마가 "니도 브랜드 옷 사줄까?" 물었지만 나는 됐다고 했다.

'브랜드 옷에 연연하지 않는 나!'

'엄마 아빠에게 브랜드를 사달라고 조르지 않는 착한 나!'

그것이 나에게 브랜드 옷보다 중요했던 것이다. 세기말 틴에이저 시절 나는 돈을 전혀 중요하게 생각하지 않았다. 엄마 아빠도 내가 돈 얘기하는 것을 매우 싫어했다. 세기말 틴에이저는 배금주의를 배척했다! 그러니 브랜드로 치장하는 것은 나에게 별 볼일 없는 일이었던 것이다.

지금 생각해보면 외동딸이라 그런 것 같다. 만약 형제가 있어서 누군 브랜드를 입고 나는 아니었다면, 아님 나보다 더 사랑받는 형제자매가 있었다면 나는 브랜드에 집착했을 것이다. 하지만 부모에겐 오직 나밖에 없었기에 나는 어떤 걸로 나를 증명할 필요가 없었다.

엄마 역시 "다른 애들은 다 비싼 옷 사달라고 징징거리고 부모 속상하게 하는데 니는 이래 착한 아가 다 있노" 하면서 칭찬을 많이 해줬다. 친척들 앞에서도 "이다는 아가 생각이 깊어서 비싼 거 사달라고 조르지도 않고 자기는 괜찮다고 하데예" 하며 나를 치켜세웠다. 나는 그 칭찬이 브랜드 옷을 입어서 받는 부러움보다 더 짜릿했다. 엄마의 신의 한 수였다.

게다가 집이 교회였고 아빠가 목사님이었기 때문에 나에겐 어느 정도 세습적 명예가 있었다고 볼 수 있다. 마치 "나는 가난해서 브랜드를 입지 않는 것이 아니라 검소해서 브랜드를 입지 않은 것이다!" 하고 말할 수 있는 느낌이랄까? 아파트와 빌라로 서열이 나뉘는 학교 애들 사이에서 '교회'에 사는 나는 중세 신분제 바깥에 위치한 사제의 가족 비스무리한 것이었다.

그래도 애는 애다. 관심이 없을 수는 없었다. 아무렇지 않은 척을 해도 진짜로 아무렇지 않을 수도 없었다. 인터크루와 필라 사이에서 이랜드나 브렌따노를 입는 것은 별로 신나지 않았다. 그래서 어쩌다 생기는 브랜드 한두 개를 굉장히 소중하게 생각했다. 엄마가 당시 돈으로 7만 원이나 주고 사준 인터크루 가방을 3년 내내 열심히 맸고, 6학년 생일날 받은 게스 시계도 20여 년이 지난 지금까지 가지고 있다.

고등학교에 올라가 엄마가 케이스위스에서 2만 5천 원짜리 슬리퍼를 사주었다. 나는 이 슬리퍼를 신발처럼 학교부터 시내까지 신고 다녔다. 그래서 지금도 밖에서 슬리퍼만 신고 다니는 아이들의 심리를 잘 안다. 브랜드 운동화가 아닐 바에는 차라리 계급이 전무한, 누구나 평등한 삼선 슬리퍼가 나은 것이다.

대학교에 올라가자마자 나는 내 용돈으로 10만 원이 넘는 퓨마 신발을 샀다. 홍대 앞이나 쌈지 페스티발에 가니 잘나가는 아이들이 모두 뉴발란스를 신고 있었다. 그래서 나도 11만 원짜리 하얀색 뉴발란스를 샀다. 22살에 『이다의 허접질』을 계약하고 받은 돈도 15만 원짜리 한정판 나이키 신발로 들어갔다. 20살은 넘었지만 이때도 아직 틴에이저였던 것이다. 지금 생각하면 경을 칠 일이다. 신발이 15만 원이라고?!

지금 이다는 5만 원이 넘는 것은 절대 발에 걸치지 않는다. 내 피땀 흘려 번 돈이 신발에 들어가다니 그게 말이나 되나! 신발은 싸면 쌀수록 좋다. 어쩌면 지금도 브랜드가 나의 가치를 대변할 수 없다고 생각하기 때문에 그럴지도 모른다. 사제의 가족에서 지금은 예인(?)으로, 나는 아직도 신분제의 바깥에 속해 있기 때문이다.

젝스키스(상)

"재덕오빠 제발 답장해주세요."

젝스키스, 이 얼마나 나를 후벼 파는 단어인가.

대성기획사의 아이돌 젝스키스, 줄여서 젝키는 내가 인생에서 가장 사랑한 아이돌이었다. 지금은 수정 두 개가 떨어져나가고 네 개의 수정이 되어버렸지만 한때 여섯 개의 완전한 수정은 나의 빛나는 아이돌이었다.

젝키가 데뷔한 것은 1997년. 그때 나는 중3이었다. 당시 나는 모든 아이들이 그렇듯이 H.O.T.를 좋아했다. 마치 서태지와 아이들을 좋아하는 것처럼 선택의 여지없이 오직 H.O.T.의 천하였다. 그런데 H.O.T. (이하 에쵸티)가 2집을 준비하러 공백기를 갖는 동안 그들의 대항마인 남자 아이돌 그룹이 나온다는 것이다.

학교에서 이 소식을 제일 먼저 알린 아이는 눈에 핏대를 올리며 욕을 했다. 감히 에쵸티를! 어떤 미친놈들이!

에쵸티의 대항마, 아니 따라 만든 놈들은 에쵸티보다 한 명이 더 많은데 실력은 후지고 얼굴만 반반하다는 소문이 돌았다. 당시 에쵸티 장우혁의 팬이었던 나도 이를 갈며 젝스키스 놈들을 후려칠 날만 기다리며 데뷔무대를 감상했다.

기다리며 지켜본 젝스키스의 데뷔무대는 뭔가 기묘했다. 보는 동안도, 다 보고 난 후에도 뭐라고 말을 해야 할지 표현이 안 됐다. 에쵸티의 〈전사의 후예〉 데뷔 무대를 처음 봤을 때 "얘네는 무조건 잘 돼!!"라고 했다면, 젝키는 그렇지 않았다.

'아리 아리 아리요 스리스리예 아주아주아주 먼 길을 왔네~.'

〈학원별곡〉이라는 노래는 당시 중딩이 들을 때도 뭔가 멘탈의 혼선이 오는 기이한 곡이었다. 이건 나쁘다고도 못하겠고 좋다고도 못하겠고, 구리다 하기도 그렇고, 멋있다 하기도 그랬다. 겨우 열여섯 살의 어휘능력과 문화적 수준으로 젝스키스의 데뷔 곡을 평하기에는 무리였다. (지금은 확실히 말할 수 있다. 총체적 난 국이었다고.)

다음 날 학교를 가보니 역시나 여자애들은 삼삼오오 모여 아니 육육팔팔 모여 젝키를 욕하고 있었다. '야, 진짜 못생겼더라.' '에쵸티 발톱의 때도 안 된데이.' '노래도 못하더라.' 등등등. 평소 같으면 나도 거들었겠지만 나는 왠지 욕이 나오지 않아서 가만히 있었다. 이미 젝키에 치인 것이었다.

당시 우리 집 근처에는 기껏해야 가게가 두셋인 작은 상가가 있었다. 거기엔 레코드 가게와 만화 가게가 있어서 아이들은 거기서 살다시피 했다. 레코드 가게 사장은 유승준을 얼핏 닮은 잘생긴 30대 아저씨였는데 여자애들은 그 아저씨를 엄청 좋아했다. 아저씨도 애들이 가게에서 하루 종일 죽치며 음반을 주물럭거려도 싫어하지 않았다. 레코드 가게에 젝스키스 포스터가 붙자 아이들은 그것도 욕했다. 나는 그때는 가만히 있다가 애들 몰래 레코드 아저씨에게 젝스키스 1집 테이프를 샀다. 절대 들켜서는 안 됐다. 애들이 알면 나는 그날로 배신자가 되는 것이었다.

집에 돌아와 내 카세트 라디오에 테이프를 넣고 들어보니 생각보다 나쁘지 않았다. 특히 학원별곡 바로 뒤에 들어 있는 〈연정〉과 〈폼생폼사〉는 명곡이었다. 나는 어느새 젝키 노래를 흥얼거리며 좋았던 곡을 앞으로 되감기 하고 있었다.

'뭐라고 말 좀 해봐요~ 뜻뚜와리~ 되돌릴 수는 없겠죠~ 뜻

뚜와리~´

처음엔 막내인 장수원에게 눈길이 갔다. 하얗고 각진 얼굴에 긴 눈을 가진 장수원은 내가 굉장히 좋아하는 스타일이었다. 고지용이나 강성훈은 내가 좋아하는 스타일이 아니었다. 재덕이는 다 좋은데 키가 작은 것 같았고, 이재진은 말도 적은 것 같고 예뻐서 좀 맘에 들었다. 은지원은 잘생기긴 했는데 너무 과묵하고 거칠어 보여서 좀 무서웠다. 최애를 정하는 것은 너무 어려운 일이었다.

그러다 나는 생애 최대의 덕통사고를 당하게 된다. 그 대상은 바로 두구두구두구─, 김재덕이었다.

때는 1997년 여름, 아이돌들의 수영복 화보가 실리기 시작한 때였다. 그때 젝키도 수영복 화보를 찍었다. 전원 삼각팬티라는

쇼킹한 복장이었는데 당시로도 사람들이 야한 건지 웃긴 건지 구분을 하지 못했다. 나 역시 야하기보다 민망한 그 화보를 제대로 펼쳐보지도 못했다. 그러다 멤버들의 연애관에 대해 인터뷰를 한 글을 읽게 되었다.

"저는 여자 외모는 전혀 안 봐요. 못생겨도 상관없어요. 못생겨도 저만 사랑해줄 수 있는 여자면 좋아요. 저는 한 사람만 좋아하는 타입이에요. 전에도 한 여자를 몇 년이 넘게 좋아했어요."

재덕이의 인터뷰를 보고 나는 가슴에 스테인리스 화살을 맞은 기분이 되어 그 즉시 사랑에 빠졌다.

'못생긴 여자라도 좋다니! 한 여자만 사랑한다니! 세상에 이런 남자는 처음이야! 김재덕은 인간이 아니다! 하늘에서 내려온 천사다!! 세상 순수한 남자다!!!'

지금 보면 코웃음을 치며 '웃기고 있네'로 일갈해버릴 인터뷰를 보고 세기말 틴에이저는 단번에 사랑에 빠진다. 젝키에 입덕한 것은 숨길 수 있었다. 하지만 김재덕을 사랑하게 된 이후에는 더 이상 숨길 수는 없었다. 애들이 젝키를 욕하며 잡지에서 사진을 잡아 째거나 책상에 '젝키 죽어'를 쓰는 것을 더 이상 보아 넘기지 못했기 때문이다. "젝키 이런 건 필요 없제? 버린데이" 하면서 잡지를 버리려고 하는 친구에게 "젝키 내 도…"라고 할 수밖에 없었다.

젝키를 좋아한다고 밝히자마자 비난이 쇄도했다. 당시 나는 다영이라는 애와 아주 친했다. 다영이는 에쵸티 문희준의 광팬이었다. 문희준 머리도 그대로 따라해 자르고, 문희준이 입었던 옷도 샀다. 나는 다영이와 함께 장우혁에 열광했는데 그 사랑과 우정을 내가 처참히 배신하고 만 것이다. 다영이는 나에게 진심으로 화가 나서 한동안 나와 말도 안 했다. 그런 주제에 다른 아이와 단짝이 되도록 놓아주지도 않아서 나는 반에서 살짝 붕 떠버린 상태가 되었다.

그러던 중 에쵸티가 2집으로 돌아왔다. 〈늑대와 양〉이라는 노래의 가사에는 '늑대, 빌어먹을 짐승 같은 놈들'이라는 가사가 있었는데 당시로선 파격적이라고 '빌어먹을'과 '놈들'에 묵음처리가 되서 방송됐다. 그런데 이 시즌에 젝키 VS 에쵸티 팬덤 전쟁 역사상 엄청난 사건이 터진다. 가요 프로그램 녹화 중 에쵸티가 〈늑대와 양〉 노래를 부르고 있을 때 방청객 중 젝키 팬들이 노래 가사에 맞춰 떼창을 한 것이다.

에쵸티: "늑대, ——— 짐승같은, 하!"
젝키팬들: "늑대, 빌어먹을 짐승같은 에쵸티!"

그것이 그대로 방송을 타버렸고 전국(내 체감)은 발칵 뒤집혔다. 학교에도 난리가 났다. 애들이 그렇게 개거품을 무는 건 간만에 봤다. 정말로 나 단 한 명만 빼놓고 애들이 다 젝키를 욕했다. 심지어 나에게 몰려와 항의를 했다. 어떻게 그럴 수가 있냐는 것이다. 아니, 내가 그랬냐고 이것들아! 지금 생각 같으면 같이 싸우거나 무시했어야 했는데 그때 나는 좀 심하게 무르고 착했다. 그래서 그냥 나도 모른다고, 나도 속상하다고 우는 수밖에 없었다.

그러다 점심시간에 그 〈늑대와 양〉이 나왔다. 참고로 점심시간 방송엔 젝키 노래가 나오지 못했다. 젝키 노래를 틀면 애들이 욕을 너무 많이 했기 때문이다. 이러니 젝키 팬들이 '대가리 깨져도 젝키'라던가 '고지용 날 죽여라'라던가 '잡소리 집어치고 젝키짱만 외쳐' 같은 극단적인 현수막을 걸곤 했던 것이다. 애들은 〈늑대와 양〉을 마치 늑대같이 따라 부르다가 급기야는 서서 방방 뛰며 "늑대, 이 빌어먹을 짐승같은 젝키!!!"라며 소리를 지르기 시작했다.

그런데 다영이 이놈이 나에게 다가오면서 소리를 지르네? 다른 애들도 같이 오네? 날 둘러싸네? 날 둘러싸고 빙빙 돌며 "늑대, 이 빌어먹을 짐승같은 젝키!!!"를 외치네? 나는 아이들 사이에서 나오지도 못하고 머리를 감싸고 눈물을 훔쳤다.

이때 나는 천리안의 젝키 통신 팬클럽에도 가입되어 있었다. 젝키 팬클럽에 올라오는 얘기들은 더 기가 막혔다. 방송국에서 에쵸티 팬들에게 맞았다는 내용, 에쵸티 팬들이 젝키 밴에다가 '젝키 죽어' 낙서를 했다는 내용, 젝키 밴을 따라가며 '젝키 꺼져' 현수막을 들었다는 내용. 나는 통신 팬클럽을 보면서 맨날 울고 불고했다.

나는 젝키에 조금이라도 도움이 되고 싶어 정말 자주 팬레터를 썼다. 물론 재덕이에게 보내는 편지였다. 그때의 편지가 지금

도 남아 있는데 정말 가소롭다. 재덕이를 얼마나 좋아하는지 어쩌고저쩌고 써놓고 '오빠 제발 답장해주세요. 화장실에서 똥 누다가 휴지에 끼적여줘도 좋아요' 이러면서 열심히 편지를 보냈다. 지금 생각하니 재덕이에게 미안할 따름이다. 재덕이가 방송하며 격하게 무대를 해 자주 다치는 것 같아 소독약, 마데카솔, 붕대, 물파스, 아스피린 등을 모아 구급세트를 만들어 기획사에 선물로 보내기도 했다.

재덕이는 젝키 통신 팬클럽에 제일 자주 오고 글도 남기는 멤버였다. 재덕이가 팬클럽에 오면 가끔 채팅방까지 열렸다. 난 매일 밤 공부를 한다는 핑계로 교회 사무실에서 천리안을 접속하고 대기했다. 하지만 한 번도 채팅방에 들어가본 적이 없다. 운영자가 비번을 걸어놓고 들어오려는 애들을 대부분 거절했기 때문이었다. (훗날 나는 이 운영자를 다른 게임카페에서 만나게 된다.) 나는 채팅방 바깥에서 재덕이에게 오빠 사랑한다며 메시지를 보내며 끝없이 엉엉 울곤 했다.

젝스키스(하)

"두 번의 덕질을 젝키를 위해 바쳤고
행복했고 또 불행했다."

나는 거의 모든 책 옆면에 '재덕부인', '열녀불사이부' 같은 글
씨를 새기면서 재덕이를 열심히 사랑했다. 책상에도 칼로 '김재
덕'을 깊게 새겼다. 학교 화장실에도 '젝키 짱'을 매직으로 굵게
썼다. 대학을 졸업하면 꼭 부산으로 가 재덕이와 결혼하겠다는
인생 계획도 세웠다. (재덕이 의사는 중요하지 않았다.)

그때는 사생팬과 그냥 팬의 차이가 별로 없던 시대였다. 숙소
앞에서 젝키를 기다리며 죽치는 건 기본이고 멤버들 집에도 팬
들이 늘 기다리고 있었다. 팬들은 젝키가 가는 어디든 따라갔다.
멤버들이 탄 차를 가로막고, 유리창을 두들기고, 옷을 잡아당기

고, 선물을 던지고, 차에 낙서를 하는 것은 기본이었다. 멤버의 머리카락을 잡아 뜯고 좋아하며 그걸 거래까지 하는 놈들도 있었으니 할 말 다했다. 물론 다행히도, 또는 슬프게도 내 얘기는 아니다. 난 언제나 강제 안방 덕질을 했다.

안방 덕질이라도 천리안이 있었기 때문에 많이 답답하진 않았다. 당시엔 하이텔, 천리안을 쓸 수 있는 PC가 있는 집이 굉장히 드물었다. 나는 세기말의 얼리 어답터였던 셈이다. 천리안 젝키 팬클럽엔 지금으로는 어이가 없는 글도 많이 올라왔다. 젝키 멤버들을 서로 엮는 커플링 팬픽은 기본이고, 가끔 멤버의 휴대폰 번호라며 번호를 올리는 놈도 있었다. (참고로 이 젝키 팬클럽에는 멤버들도 가입되어 있고 가끔 글도 남겼다.) 나 역시 재덕이의 휴대폰이라고 올라온 번호에 수십 번 전화를 해봤다.

세기말에 아이돌 비인기 멤버를 덕질하는 것은 정말 힘든 일이었다. 지금이야 직캠도 있고 개인 SNS도 있지만 그땐 방송국에서 쏴주는 영상 외엔 아무것도 없었다. 그룹의 춤멤이었던 재덕이는 카메라에 자주 잡히지 않았다. 티비 앞에 두 손을 모으고 재덕이 파트만 기다리고 있는데, 재덕이 파트 때는 꼭 관중석을 한 번씩 잡았다. 아니면 얼굴을 안 잡고 풀샷을 잡곤 했다. 너무 빡쳐서 티비를 부술 뻔한 적이 한두 번이 아니다. 나는 젝키가 나오는 무대를 빠짐없이 녹화해서 재덕이 파트만 수십 번씩 돌려보곤 했다.

앞서 말했듯, 젝키가 처음 데뷔했을 때는 학교에서 정말 탄압

을 많이 받았다. 앞 장에서 언급했듯이, 특히 당시 반에서 가장 친했던 다영이(에쿄티 팬)가 날 제일 미워했다. 다영이는 독점욕이 심해 내가 다른 친구들과 연락하거나 친하게 지내는 것도 싫어했다. 그런 주제에 같이 있으면 매일 젝키 욕을 하니 나로선 계속 친구로 지내기 정말 힘들었다. 무슨 얘기를 해도 꼭 젝키 욕으로 끝을 냈고, 밥 먹으면서도 젝키 욕을 했다. 좋은 말로 해보거나 울어도 소용이 없었다. 내가 폭발하라고 일부러 저러나? 싶을 정도였다. 심지어 나중에는 내 앞에서 젝키 사진을 찢거나 눈알을 파내기도 했는데 이건 지금 생각해도 이해가 안 간다.

그래서 나는 참다못해 다영이와 절교를 하게 되었다. 그런데 이상하게도 그 다음부터 아이들이 다영이와 놀지 않았다. 알고 보니 애들은 다 다영이를 싫어했는데 내가 계속 친구로 지내니 받아줬다는 것이다.

다영이는 외로워졌지만 나는 드디어 살 만해졌다. 다른 애들은 젝키 욕을 심하게 하거나 나를 괴롭히지 않았다. 게다가 주희라는 아이는 젝키를 좋아하기까지 했다. 나는 주희랑 같이 다니며 젝키 노래를 부르고 춤도 따라 췄다.

특히 젝키의 히트곡 〈폼생폼사〉를 제일 좋아했다. 남자친구와 헤어지고 그 노래를 들으며 얼마나 울었는지 모른다. 지금 생각

하니 웃길 뿐이지만 당시엔 엄청나게 진지했다. '사나이 가는 길에 기죽지 마라~'를 '가시나 가는 길에 기죽지 마라~'라고 개사해서 열심히 부르고 다녔다. 특히 나는 재덕이 파트를 제일 좋아했다. 노래방에서도 그 파트는 죽어도 사수했다.

"두고 봐! 나를 두고 봐! 내가 얼마나 잘 살지 두! 고! 봐! 줘! 또 돌아 내게 내게 오지 말고 깨끗이 내 모습을 잊어줘!"

이렇게 나의 중3 시절은 곧 젝키였다고 해도 좋을 정도로 나는 젝키를 열심히 사랑했다. 고등학교에 가니 거긴 에쵸티 판이아니었다. 아니 아예 아이돌 판이 아니었다. 중학교에서 고등학교에 갔을 뿐인데 세계가 달라졌다. 아이돌에 목숨 걸고 좋아하는 애들은 그리 많지 않았다. 또 NRG, 태사자 같은 아이돌이 데뷔해 팬들이 많이 분산되기도 했다. 아이들은 누굴 좋아하는 것보다 싫어하는 것에 더 관심이 많아, 모이기만 하면 핑클 욕을 그렇게 했다.

나 역시 고등학교에 가서는 젝키에 대한 열렬한 사랑이 한풀 꺾였다. 왜냐면 본격적으로 연애를 시작했기 때문이다. 멀리 있는 재덕이보다 가까이 있는 남고생이 나았던 거다. 이래서 애들이 아이돌 좋다고 하는 걸 말리면 안 된다. 그때가 차라리 나은 거다.

그러다 고2 때 나는 문화 충격을 겪게 된다. 경주에서 열리는 문화 콘서트에 갔다가 '황신혜 밴드'를 직접 본 것이다. 당시엔 충격적으로 신선했다. 포항 사는 고등학생이 인디밴드를 처음 봤으니 얼마나 놀라웠을까. 그 단 한 번의 공연으로 나는 젝키 덕질을 그만뒀다. 난 이제 아이돌 음악 같은 건 안 들어, 진짜 음악을 듣지!

그 후로 나는 브릿팝 밴드, 홍대 인디 밴드, 인디 힙합 음악만 들으며 젝키를 좋아했던 과거를 부끄러워했다. 젝키에 관심이 없었던 것은 아니지만 오히려 더 외면했다. 나는 '음악 좀 듣는 애'라고! 젝키가 해체했을 때도 나는 일부러 그랬는지 몰라도 시큰둥해했던 것 같다.

그리고 오랫동안 '젝스키스'라는 이름은 찬란하지 않았다. 음주운전, 사기, 휴가 미복귀 같은 일로 만나게 되었기 때문이다. 그렇게 20대 후반을 지나 또 시간이 흘러 (새삼 나 오래 살아왔네…) 2016년 4월, 젝키가 다시 뭉쳐 방송에 나왔다. 나는 〈무한도전〉의 젝키 게릴라 콘서트 공지를 올라온 지 5분 만에 트위터에서 봤다. 심지어 난 서울에 있었다. 하지만 가지 않았다. 단순히 밖에 나가기 귀찮았기 때문이다. 어쩌면 나에게 찬란했던 옛날 젝키를 그냥 추억 속에 묻어두길 바래서 그랬을지도 모른다. 나는 그래서 일부러 더 젝키를 보지 않았다.

그런데 생각보다 반응이 세게 왔다. 여기서도 젝키, 저기서도 젝키 해대니 나도 호기심에 무한도전을 틀어봤다. 그런데 이럴 수가, 왜 이렇게 재밌는 거지? 이 인간들 왜 아직도 잘생긴 거지?? 나는 마치 그동안의 시간을 스킵한 것처럼 다시 사랑에 빠지게 된다. 방송을 본 후 몇 달 동안 나는 거의 미쳐 있었다. 역시 세기말의 나는 현명했어! 역시 젝키가 최고였다고! 나는 젝키 노래를 끝없이 들으며 따라 불렀다. 콘서트도 갔고 방송국도 갔다.

그동안 최애가 재덕이에서 장수원으로 바뀌어 트위터 계정을 만들어 그림도 그리고 글도 썼다. 나는 나라는 정체성을 잊고 노란 풍선 든 옐로우키스(젝키 팬 네임)로 다시 태어난 듯했다.

그런데 세기말의 덕질과 밀레니엄의 덕질은 같지 않았다. 오빠를 그저 믿고 사랑하기만 하면 되었던 세기말과 달리 밀레니엄의 덕질은 정치판 그 자체였다. 팬덤은 이제 머리 끄댕이를 잡고 패싸움을 하지 않았다. '우리 오빠들 짱!!' 하면서 다른 그룹을 비하하거나 비교해도 안 됐다. 각 팬덤들은 물 밑에서 익명으로 글을 쓰고 커뮤 분위기를 이끌며 국정원 못지않게 정치공작을 펼치고 있었다.

21세기 덕질은 정말 어려웠다. 나는 아이돌을 위해 모든 것을 헌신하되 자신을 드러내면 안 되었다. 그렇다고 다 외면하고 스타가 주는 것만 받아먹을 수도 없었다. 이제 덕질이란 것은 일방향이 아니라 양방향이 되었기 때문이다. 아이돌이 팬에게 영향을 미치는 것 못지않게 팬도 아이돌에게 영향을 미칠 수 있었다. 그 영향력이 제대로 된 방향으로 효과적으로 가려면 전투하고 대비해야 했다. 팬질은 더 이상 놀이가 아니었다. 현실의 에너지와 자원까지 팬질에 끌어 써야 했다.

나는 공격받는 젝키를 지켜야 하고, 그 안에서도 장수원을 지켜야 했다. 앨범을 많이 사야 했고, 손가락이 아프게 브이앱 하트를 누르고, 투표를 하고, 무한 스밍을 하고, 젝키 연관 검색어를 나쁜 것에서 좋은 것으로 바꾸고, '#젝스키스_사랑해' 같은 것으로 트위터 실시간 트렌드 순위를 올려야 했다. 최애가 연애한다고 공격받으면 응원 리플을 달아야 했고 반박자료를 모아야 했다. 대중들에게 인식된 내 최애의 이미지를 개선한답시고 예쁘게 나온 영상을 캡쳐하고, 영업글을 쓰면서도 가끔 현타가 왔다. 내가 지금 날, 내 그림을 홍보해야 할 시간에 왜 남을 홍보하지?

덕질이 가장 괴로운 지점은 그것이었다. 나는 젝키 덕분에, 최애인 수원이 덕분에 정말 행복했다. 하지만 그만큼 불행했다. 나의 행복과 불행이 남의 손에 달려 있었기 때문이다. 나는 그들을 사랑했지만 연애할 때 이상으로 무력했다. 이게 연애라면 진작 그만뒀을 거란 생각이 들었다. 그렇게 팬질이 더 이상 재미있지 않고 괴로울 때쯤 나는 긴 여행을 가게 된다. 여행을 가서도 한동안은 젝키 소식을 쫓느라 한국에 있는 것과 마찬가지였지만 몸이 멀어지자 다행히 마음도 서서히 멀어졌다.

그렇게 나는 서서히 탈덕하게 되었고, 그건 정말 잘된 일이었다. 세기말 오빠들을 밀레니엄에 덕질하는 것은 너무 괴로웠기 때문이다.

그렇게 몇 년이 또 지나, 나는 젝키 노래를 들으면서 이 원고를 쓰고 있다. 〈로드 파이터〉를 들으며 다리를 떨고 재덕이 랩을 신나게 따라 하고 있다.

두 번의 덕질을 젝키를 위해 바쳤고 행복했고 또 불행했다. 젝키도 변했고, 젝키의 멤버도 변했고, 젝키의 팬도 변했다. 세상이 다 변했다. 하지만 젝키의 노래는 전혀 변하지 않았다. 세기말에 녹음된 그들의 노래만큼은 변하지 않았고 변할 수도 없다. 그 노래들을 들으면서 행복하고 즐거운 나의 마음은 그 누구도 해칠 수 없다는 것을 이제 안다.

힙합바지

"저계 뭐고, 똥 싼 바지 아이가?"

세기말 하면 역시 힙합바지다. 세기말엔 스키니 따윈 존재하지 않았고, 존재해서도 안 되었다. 힙합바지의 통이 넓어질수록, 세기말 틴에이저의 자존감도 커졌다.

여기서 힙합바지라고 하는 것은 허리 32인치 이상의 큰 사이즈로, 현저히 큰 바지통을 가진 바지이다. 골반에서 발목으로 갈수록 넓어지는 바지는 아니다. 그건 디스코 바지 또는 나팔바지이다. 그리고 가랑이가 똥 싼 것 마냥 축 처져야 한다. 가랑이에 착 달라붙어 엉덩이의 형태를 드러내면서 통이 넓으면 그것도 힙합바지가 아니다. 그것은 판탈롱이다.

177

이 거대한 힙합바지 안에 다리를 넣고, 흘러내리는 허리는 허리끈으로 고정한다. 물론 허리에 고정하면 안 된다. 골반 정도에 멋스럽게 걸쳐야 한다.

크면 클수록 좋지만 단순히 크다고 멋진 것이 아니었다. 마치 드레스의 주름같이 무릎부터 신발 위까지 풍성하게 넘실거려야 했다. 그러려면 바지는 몸에 비해 정말 커야 했고, 길어야 했다. 그리고 이 바지를 지탱하려면 신발은 더 커야 했다. 자기 사이즈보다 훠어어얼씬 커야 했다. 내 발이 235인데, 이 정도면 270 정도를 신어야 했다. 270을 신는 사람이라면 300을 신었다. 이러니 신발은 신은 것이 아니라 살짝 걸칠 뿐이었다. 아무리 끈을 단단히 조여도 신발은 계속 홀렁홀렁 벗겨졌다. 지금 생각하면 그래서 키가 안 컸나 싶고 억울하다.

당시 어른들은 이 힙합바지를 정말 꼴 보기 싫어했다. 100명이면 100명 다 싫어했다. (그래서 힙합바지를 더 멋지게 생각한 것 아닌가 싶다.) 힙합바지를 입은 아이가 지나가면 어른들은 혀를 끌끌 차며 욕을 했다.

"동네 청소 다 하고 다니네."

"드러버 죽겠네, 바닥이 얼마나 드러운데 저걸 다 끌고 다니노."

"저게 뭐고, 똥 싼 바지 아이가?"

"점마 저거 바지 하도 내려 입어가 궁디 다 보인데이!"

바지를 조금이라도 덜 끌리게 하려면 바지 밑단을 끈으로 묶거나 아니면 아예 고무줄을 넣기도 했다. 나는 압정으로 바지 밑단을 신발에 꽂아 고정했는데 이 방법은 금방 전교에 유행하게 되었다. (난 내가 시조인 줄 알았는데 알고 보니 전국에서 다들 그랬다고 한다. 역시 인간은 다 거기서 거기인가?) 압정을 신발 뒷축에 꽂은 후에는 뛰어서는 안 됐다. 바지에 구멍이 나거나 압정이 다 빠지기 때문이다. 물론 벗을 때도 조심스레 벗어야 했다. 아무 생각 없이 벗다가는 바지 밑단에 꽂힌 압정을 밟고 울게 되었다. 자연스럽게 다들 신발을 벗는 상황을 피했고, 뛰지 않고 조심스레 걸어 다녔다. 뜻밖의 긍정적 효과인가?

나 역시 힙합바지를 입었다. 당시의 유행이란 것은 지금보다 훨씬 더 강했다. 유행이라기보다 규칙이라고 하는 편이 맞을지도 모른다. 힙합바지는 너무나 절대적 유행이었기에 힙합바지를 입지 않으면 찐따인 수준이었다. 정말 공부만 열심히 하는 애들이나 평범한 바지를 입고 다녔다. 당시 아이돌인 젝스키스, 신화, H.O.T. 등의 무대 복장도 모두 힙합바지 핏이었고, 평상복도 그랬다. 나는 위에 줄무늬 쫄티를 입고 검은색 멜빵 힙합바지를 입거나, 청 힙합바지를 입고 위엔 엑스라지 사이즈의 후드티

그리고 아빠의 체크무늬 남방을 입고 다녔다. 가방은 이스트팩에서 산 빨간색 가방이었다.

엄마 아빠도 당연히 처음엔 질색을 했다. 한 1년 정도 뭐라 한 것 같다. 그러다 뭐라 해도 안 되니 나중엔 포기해버렸다. 그래서 나는 처음엔 집의 복도에 있는 소화전에 바지를 숨기다가, 나중엔 당당히 입고 다녔다.

단, 바지는 집에 들어서자마자 벗어야 했다. 온 시내의 먼지를 다 쓸어왔기 때문이다. 벗어서 복도에서 10번 이상 털어야 합격이었다.

중2 때부터 나는 앞머리를 길게 기르고 홍합처럼 앞을 갈랐다. 뒤는 미용실에서 바리깡으로 밀었다. 귀에는 시내의 큰 문구점에서 산 귀찌를 꼈다. 귀를 정말 뚫고 싶었지만 엄마도 허락해주지 않았고, 학교에서 걸리면 선생님들한테 맞았기 때문에 그럴 수 없었다. 그땐 정말 귀도 뚫고 싶고 코도 뚫고 싶고 눈썹도 뚫고 싶었다. 할 수만 있으면 문신도 했을 것이다. 휴, 뭐든 허락되는 분위기였으면 아마 지금쯤 머리카락 하나 남아 있지 않거나 온몸에 빈 곳이라곤 없을지도 모른다. (틴에이저는 극단적이므로) 천만다행이다.

나는 이 머리 스타일을 약 3년 유지했다. 엄마는 중학교 졸업 사진 찍을 때만이라도 머리를 정상적으로 만들라고 했지만 그 말을 들을 리가 없다. 그래서 졸업앨범에 홍합인 상태로 사진이 찍혔고, 아이들의 기억 속에 영원히 그 모습으로 남게 되었다.

지금도 가끔 힙합바지를 입고 찍은 사진을 꺼내 본다. 초등학생 같이 통통한 얼굴에 새빨간 볼에 난데없는 중2병 눈빛이 실소를 터뜨리게 한다. 이 모습으로 동갑 여자 아이들에겐 멋있다는 소리를 들었다는 것이 더 웃기다. 역시 틴에이저의 미의식은 틴에이저의 틀 안에서 유효한 것이다.

지금의 나는 유행에 크게 신경 쓰지 않는다. 빈티지 옷과 원피스를 좋아하고 이상한 옷도 많이 입는다. 하지만 지금도 단 하나, 통 넓은 바지만은 입지 않는다. 이제 힙합바지라면 정말 지긋지긋하다. 하지만 그 유행이 또 돌아올 징조를 보이고 있다고 한다.

절레절레. 역시 유행은 돌고 돌고 또 돈다.

만화

"도서대여점의 전성시대이자, 마지막 시대"

세기말 하면 만화 이야기를 빠뜨릴 수 없다. 요즘은 나도 스마트폰으로 웹툰을 잘 보지만 몇 년 전까지만 해도 만화는 자고로 바닥에 배 깔고 종잇장을 넘기는 맛이라 생각했다. (with 고구마 or 귤 or 과자)

세기말은 도서대여점의 전성시대이자, 마지막 시대였다. 동네엔 한두 개씩 도서대여점이 있었고 아이들은 거기서 만화책을 빌려다 봤다. 만화책이 제일 많았고 무협지와 구색 맞추기인 베스트셀러도 있었다. (『개미』와 『무궁화 꽃이 피었습니다』, 『이젠 여자가 되고 싶어요』 등) 비디오 가게와 같이 운영하는 도서대여점도 많았다.

만화는 대부분 한 권에 300원이라 3,000원이면 10권을 빌릴 수 있었다. 보통 2, 3일이면 반납을 해야 했고 연체되면 집으로 전화가 왔다. 벌금도 하루당 500원이었던 것 같다. 현재 웹툰 보는 가격을 생각하면 빌리는 값도 상당히 높다. 당시 만화책이 한 권에 2,500~3,500원인 것을 생각하면 대여료가 비싼 게 맞다. (지금 유료 웹툰은 보통 편당 300~500원 정도이다.)

내가 당시 살던 교회 상가 건물 1층에도 도서대여점이 있어 나는 매일 대여점에 갔다. 그 전에 살던 동네에는 도서대여점이 없어 나는 맨날 다 닳은 학습만화만 봤다. 『먼나라 이웃나라』를 하도 많이 봐서 책등이 다 갈라지고 찢어졌을 정도다.

이사를 가자마자 얼마나 맨날 만화책을 빌려 봤는지 중학교 1학년 때 총 대여권수가 1,000권에 육박했다. 만화를 보기 시작한 지 1년 만에 천 권을 본 것이다. 사소한 것에 큰 의미를 두던 나는 900여 권일 때부터 1,000권이 되는 순간을 자축하려고 했다. '내가 1,000권 빌렸다고 하면 대여점 아저씨도 깜짝 놀라겠지? 날 칭찬해주겠지?' 이런 심정이었던 것 같다. 아마도 "아니! 이다가 우리 대여점에서 만화 1,000권을 빌리다니! 이런 고마운 아이가! 자, 5권 무료 대여권이다!" 이런 대접을 기대했던 모양이다. 나는 어릴 때 남에게 터무니없는 관심을 바라는 경우가 많았고, 그래서 실망하는 일도 매우 잦았다. 당연히 나의 기대와 달리 1,000권이 되는 순간엔 아무 일이 없었다.

대여점에 맨날 다녔지만 좋아하는 만화책은 사기도 했다. 특히 『슬램덩크』는 새로운 단행본이 나올 때마다 당일에 착실히 샀다. 슬램덩크가 나오는 날이면 동네 문방구에 '슬램덩크 26권 입고' 같은 글씨가 크게 붙었다. 나는 미리 선금을 걸고 예약해 놨다가 안전하게 받곤 했다. 슬램덩크를 반에서 제일 먼저 가지고 가면 남자 아이들이 자길 먼저 보여 달라고 살랑대곤 했는데 그게 좋았던 게 아닌가 싶다.

남자고 여자고 슬램덩크를 좋아하지 않는 애는 하나도 없었다. 대여점에 있는 슬램덩크 1권은 거의 걸레나 마찬가지였다. 찢어진 책등은 스카치테이프로 붙었고, 그 테이프마저 헐거워져 덜렁거렸다. 멋있는 장면마다 아이들이 그림을 오려가서 이건 책인지 스크랩북인지 구분이 안 가기도 했다. 지금은 이미지가 흔해 빠진 세상이지만 세기말에만 해도 이미지란 것은 구하기 어려운, 소중한 것이었다. 사실 나도 슬램덩크에서 양호열이 양아치를 두들겨 패는 장면을 칼로 몰래 오려 다이어리에 붙였다. (지금은 정말 반성 중이다.)

나는 슬램덩크를 읽으며 강백호에게 이입했고, 그를 따라 나 자신을 천재라고 하고 다녔다. 어떻게 보면 긍정적 영향이라 할 수도 있겠다. 강백호에게 이입했으니 당연히 서태웅을 미워했다.

"저 차가운 놈! 싸가지 없는 놈! 잘생기긴 뭐가 잘생겨! 맘에 안 든다!"

강백호가 나 자신이라면 이상형은 당연히 윤대협이었다. 내 주변에도 윤대협을 좋아하는 여자아이들이 정말 많았다. 아니 누가 윤대협을 거부할 수 있으리…. 큰 키에 잘생긴 얼굴에 유머러스하고 시크한 성격에 팀 에이스라니. 건방진 서태웅 놈과 달리 말도 잘하고 성격도 친절했다. 친절을 넘어 약간의 능글맞음도 있었다. 서태웅이 고양이라면 윤대협은 너구리랄까? 나는 윤대협 컬러 사진을 문방구에서 사 다이어리에 소중하게 붙여 놓았다.

나는 연재 당시 슬램덩크를 열심히 모은 덕분에 전권을 가지고 있었다. 그런데 31권으로 완결된 후, 단행본은 잠시 품귀현상이 있었다. 구하려는 사람은 많은데, 가지고 있는 사람은 적었다. 그래서 새롭게 도서대여점을 오픈하려는 사람들은 슬램덩크를 구하지 못해서 아우성이었다. 슬램덩크 없는 도서 대여점? 그건 빅맥 없는 맥도날드나 마찬가지다. 우리 동네에 새로 생긴 도서대여점 아저씨도 슬램덩크 만화책을 구하지 못해 발을 동동 굴렀다.

내가 전권을 가지고 있다는 것을 알고 나서 아저씨는 매일 나에게 만화책을 팔라고 졸랐다. '산 가격보다 더 쳐주겠다', '원하는 만화책으로 바꾸어주겠다' 하며 열심히 설득했다. 결국 나는 슬램덩크 전권을 『니나 잘해』 30여 권과 슬램덩크 화보집으로 바꿨다. 아저씨는 그러고도 고맙다고 난리였는데 1년 후, 슬램덩크 소장본이 나오게 된다. 아저씨는 그 이후로 나를 별로 좋아하지 않았던 것 같다.

무려 슬램덩크와 바꾼 『니나 잘해』라는 만화는 학원폭력물이었다. 싸움으로 유명한(?) 팔팔고등학교의 캡짱을 두고 남고생들이 서로 겨루는 만화였다. 같은 장르에서 보통은 『짱』을 많이 좋아했는데 나는 『니나 잘해』를 더 좋아했다. 『짱』이 H.O.T.라면 『니나 잘해』는 젝키였다. 짱보다 인기나 진지함은 훨씬 덜했지만 말로 형언할 수 없는 B급의 매력이 있었다.

『니나 잘해』의 등장인물들은 팔팔고등학교에서 캡짱이 되기 위해 정말 진지하게 싸운다. 학교 폭력서클 '스콜피온'의 캡짱 자리를 누가 물려받을지를 얼마나 진심으로 다루고 있는지 모른다. 캡짱 후보 중 한 명인 반토막(저게 이름임)은 공부도 잘했는데, 캡짱이 되려고 공부도 포기한다. 겨우 싸움 제일 잘하는 사람이 되려고 모든 걸 거는 남자고등학생들의 진지한 모습이라니…. 지금 생각하니 너무 웃긴 한편 작가가 존경스럽다. 어떤

어른이 되면 그런 틴에이저의 마음을 그대로 간직한 채 만화를 그릴 수 있는 거지?

나는 여자 캐릭터인 '백조아'를 정말 좋아했다. 백조아는 금수저 집안의 여자아이로 아빠가 학교 교장이고 엄마가 장군이다. 스콜피온의 전설적 보스 '이후'를 유일하게 제압한 사람으로 알려져 있는데, 사실 싸움을 하다 가슴을 보여줘 이긴 것이다. (이 부분은 이 만화에서 이상한 20304928개의 설정 중 하나일 뿐이다.) 지금 봤으면 개정색하며 만화책을 덮고 트위터에 욕을 쓰지 않았을까? 백조아는 이후를 짝사랑하는데, 깽판을 치다가도 사랑에는 눈물 흘리는 모습이 참 극적이었다. 지금 생각하면 이게 얀데레인가? 싶기도 하다. (얀데레: 일본 만화 문화에서 온 단어. 병들었다는 '얀데루'와 부끄러워하는 모습의 '데레데레'가 합쳐진 것으로, 상대에게 병적으로 집착해 자신과 상대를 망쳐 놓는 속성이나 캐릭터를 말한다.)

『니나 잘해』는 어른이 되고 나서 이사를 하다 버린 것 같다. 하지만 역시 중학교 때 샀던 『언플러그드 보이』는 아직도 가지고 있다.

이 책은 세기말 틴에이저들에게 교과서적인 작품이었다. 아이들은 등장인물들이 입고 나온 옷을 비슷하게 입으려고 매우 애

썼다. 현겸이 책받침을 아래에 받치고 스케치를 따라 하는 것도 예사였다. 나도 언플러그드 보이 다이어리를 매우 소중하게 생각했다. 나의 첫사랑이었던 안상호도 언플러그드 보이를 좋아했다. 남자아이가 언플러그드 보이를 좋아한다는 것 때문에 처음에 더 관심을 가졌던 것 같다.

이빈의 『크레이지 러브 스토리』도 빼놓을 수 없다. 나는 중학교 3학년 때 이 만화를 처음 봤다. 『크레이지 러브 스토리』는 정말 제목 그대로 미친 사랑 이야기이다. 공부 잘하는 금수저 날나리 신혜정과 순정밖에 가진 것이 없는 소년 진성무, 막가는 인생 지미의 이야기인데 지금의 기준으로 생각하면 다소 무리인 설정들이 난무한다. 나는 이 만화책도 당연히 샀고 거의 20번 넘게 읽었다. 거의 청춘의 교과서(and 중2병의 교과서) 급이었다.

틴에이저 이다는 이 만화를 보며 "아! 사랑은 이런 것이구나!"라고 생각했다. 사랑은 미치는 거구나! 틴에이저 이다에게 그냥 애틋하게 사랑하는 것은 사랑이 아니었다. 집착하고, 구질구질하게 굴고, 눈물 흘리고, 그 사람을 생각하기만 해도 미쳐버리는 것 그게 사랑이라고 생각했던 거다. 그래서 만화에서 그런 캐릭터가 나오면 무조건 이입했고, 나 자신처럼 공감했다. (『니나 잘해』의 백조아를 좋아했던 것도 비슷한 맥락이다.)

이러니 현실에서도 나는 만화책처럼 사랑하기를 원했던 것 같다. 중학교 3학년 때 사귀었다 헤어진 상호가 그 희생양(?)이 되었다. 상호와 나는 중학교에서 고등학교로 넘어가는 겨울에 한 달 정도 사귀었다. 상호의 순수하고 착한 모습에 반한 나는 상호와 손잡고 바닷가도 가고 초콜렛도 나누어 먹으며 연애를 했다. 얼마나 상호를 순수하게 좋아했는지 심지어 당연히 결혼도 할 거라고 생각했을 정도였다.

그런 사랑이 깨졌으니 나의 충격은 말할 것도 없었다. 상호의 헤어지자는 말에 나는 울면서 거의 한 시간을 매달렸다. 도저히 납득할 수가 없었기 때문이다. 심장이 산산조각난다는 말을 그때 처음으로 실감했던 것 같다.

상호는 헤어지자고 해놓고 심심하면 연락을 했고, 그때마다 나는 파닥파닥 낚였다. 그때 봤던 것이 하필 『크레이지 러브 스토리』였고, 나는 그 만화책의 남주처럼 상호를 열렬히 사랑했다. 진성무가 신혜정의 집 앞에서 집을 바라본 것처럼 나도 그랬고, 만화책의 대사들을 일기에 잔뜩 썼다.

나는 정말 상호를 사랑하기도 했지만, 어쩌면 그 사랑과 집착을 즐긴 것일지도 모르겠다. 처음 겪어보는 가슴 찢어지는 실연이 너무 괴로우면서도 그 아픔을 오래 가지고 싶었달까? 나는 상호에게 적극적으로 집착했다. 상호를 주인공으로 소설을 썼다. 매일 상호에게 일기를 쓰고, 그 일기를 주기도 했다. 이 상태는 고2까지 약 2년을 갔다. 틴에이저에게 만화의 영향력이 이렇게 무섭다.

지금도 나는 만화를 좋아하고, 만화를 보는 것에 돈을 쓴다. 만화책도 많이 산다. 이사 다닐 때마다 짐이 되지만 몇몇 만화책은 버릴 수 없다. 유리가면, 강특고 아이들, 캠퍼스, 슈가슈가룬, 아르미안의 네 딸들, 실키앤리오, 그린빌에서 만나요, 마니, 칠석의 나라 등등….

만화가 손에 잡히지 않는 시대에 살면서도 나는 여전히 만화책의 책장을 넘기는 것, 책장을 넘길 때 미세하게 흩날리는 먼지 냄새를 좋아한다. 그 기분은 세기말을 넘어 다음 세기말까지도 주욱 같을 것이다.

"영도는 잘생긴 얼굴과 달리
순진하고 다소 어리숙했다."

교회동생, 단어만으로도 설레는 말이다. 작은 개척교회 목회자의 외동딸이었던 나는 교회와 분리될 수 없는 삶을 살고 있었다. 교회가 집이었고 집이 교회였다. 집에서 얇은 문 하나만 건너가면 바로 교회 본당이었다. 교회가 있었던 포항의 어느 동네 상가 건물은 아직도 그 자리에 있고, 내 꿈에 매일 나온다.

목회자의 아들, 딸들은 교회에서 다소 특수한 위치에 있다. 그들은 일종의 보조 사제다. 목회자인 아버지를 지지하고 응원하는 동시에, 교인들의 모범이 되어야 한다. 당연히 교회의 모든 모임에 참여하며, 리더 역할을 맡는 경우도 많다. 목회자 아들은 대부분 기타를 칠 줄 알고, 딸은 피아노를 칠 줄 안다. (물론 아무것도 못하는 나 같은 특수 케이스도 있다.) 목회자의 자녀가 인격이 올바른 것은 당연한 것이며, 친절하며 상냥하고 겸손해야 한다.

목회자 자녀는 심지어 인생도 잘 되어야 한다. 그렇지 않으면 그들을 위해 기도했던 교인들의 마음이 시험받기 때문이다. 신자가 아닌 사람들은 어이가 없겠지만 엄연한 현실이다. (어릴 때는 진저리치게 싫었지만 지금 생각하면 단점만 있지는 않다. 목회자의 자녀는 교회에서 중심 무리에 속해 있기 때문에 소외감을 느끼지 않는다. 관심이 부족하지도 않다. 난 지금도 대부분의 사람들이 나를 좋아하고 호감을 갖는다고 착각하고, 사람들이 날 무시하지 않을까 하는 피해의식도 없다. 좋게 말하면 자존감이 높은 것이고 나쁘게 말하면 대가리 꽃밭이다. 어릴 때부터 목회자의 외동딸로서 늘 환영받았기 때문에 가능한 것이라는 생각이 든다.)

영도를 처음 본 것도 교회에서였다. 당시 우리 교회 중고등부에 열심히 나오던 대건이라는 아이가 같은 반 남학생 영도를 전도해서 데리고 온 것이다. 영도는 누구나 처음 보면 깜짝 놀랄 정도로 잘생긴 아이였다. 중3짜리 남자애 키가 180이 넘고 짙은 눈썹에 크고 긴 눈, 오뚝한 코에 예쁜 입술, 잘생긴 턱까지 가졌다. 100이면 100명이 봐도 잘생겼다고 할 만한 외모였다. (요즘 사람에 비교하자면 남주혁과 정말 닮았다.)

영도는 잘생긴 얼굴과 달리 순진하고 다소 어리숙했다. 겉만 컸을 뿐 속은 중학생 그 자체였다. 아니, 초등학생 수준인가? 영도의 순진한 마인드는 눈빛과 표정에 다 티가 났다. 고등학생만 되어도 잘생긴 애들은 자기가 잘생긴 것을 알고, 행동에 티가 나기 마련인데 영도는 그걸 모르는 모양이었다.

남자면 다 좋아하던 내가, 심지어 잘생기기까지 했는데 영도를 좋아하지 않을 리가 없다. 아니 좋아한다는 것으로는 조금 양심에 찔린다. 나는 영도를 탐을 냈다. 나도 모르게 영도를 자꾸 쳐다보고, 뭘 나눠줄 때도 영도에게는 좀 더 각별했던 것 같

다. 그러니 당연히 눈도 자주 마주칠 수밖에 없었다. 나중엔 영도를 쳐다볼 때마다 눈이 마주쳤다. 교회에서 간식을 나눠줄 때의 텐션이 지금도 떠오른다. 나는 영도의 눈을 똑바로 쳐다봤고, 그 시간이 길게 느껴졌다. 영도도 내 눈을 쳐다봤고, 곧 얼굴이 붉어졌다.

지금 생각하니 영도가 가엽다. 한 살 연상일 뿐인데 영도에 비해 산전수전을 다 겪은 나의 연애 레벨은 너무 높았다. 영도는 잘생긴 외모에 비해 너무 순진했고 성격적 매력은 다소 떨어졌다. 특히 나같이 연애의 스릴을 즐기는 망나니에게는 너무 순한 맛이었다. 하지만 나는 영도를 좋아하는 것이 너무 즐거웠다. 당시 나는 중3 때 사귀다 헤어진 상호를 잊지 못해 괴로움 속에서 허우적거릴 때였다. 상호를 잊을 수만 있다면 뭐가 되도 다 좋을 것 같았고 영도를 좋아하는 것은 마음의 괴로움을 달래주었다.

영도는 학원을 다녔는데 그 학원 버스는 우리 교회 앞에 섰다. 나는 그 시간에 창문에서 영도를 봤다. 같이 있는 다른 남학생들과 영도의 외모 차이는 현격했다. 그 얼굴을 가지고 어벙한 것도 너무 귀여웠다. 영도를 비롯한 남학생들은 문방구에서 펀치 기구를 때리곤 했다. 이게 만약 로맨스 소설이라면 영도는 순진한 얼굴에 핵펀치를 가졌을 것이다. 하지만 현실은 솜주먹이었다. 지금 생각해보면 착해서 싸움을 해본 적이 없으니 당연하다 싶다.

그렇게 반년이 지나고 내 생일이 되었다. 영도는 나에게 포장된 선물과 편지를 주었다. 선물 안에는 아일랜드 밴드 크랜베리즈 1집이 들어 있었고 편지도 함께 있었다. 편지의 내용은 자세히 기억나지 않는다. "누나 저와 사귀어주실래요?"라고 삐뚤빼뚤한 글씨로 적혀 있던 것만 생각이 난다. 영도를 교회에 데려온 대건이도 그때 나에게 편지를 주었는데 편지에 '영도가 이다 누나 좋아한대요. 비밀입니다'라고 쓰여 있었다.

영도는 놀랍게도 나를 처음 만났을 때부터 좋아했다고 한다. 나를? 뭘 보고? 내 고1 때 사진을 보면 아무리 봐도 예쁘진 않다.

나는 몹시 기뻤지만 그건 행복보다도 흡족함에 가까웠다. 당시 자존감이 낮던 나에게 누가 나를 좋아한다니, 그것도 잘생기고 예쁜 연하가 좋아한다는 것이 몹시 뿌듯했다. 마치 유승준의 〈사랑해 누나〉 가사처럼 말이다. 그렇다고 정복욕만 있는 것은 아니었다. 나 역시 영도를 좋아했으니 편지를 받고 가슴이 쿵쿵쿵 뛰었다.

그래서 나는 영도와 사귀기로 했다. 그런데 영도는 정말 사귀는 것이 뭔지도 모르는 아이였다. 삐삐를 치는 것도, 전화번호나

음성을 남기고, 날짜를 정해 만나자고 하는 것도 다 내가 가르쳤
다. 사귀기로 한 후 나는 영도에게 만약 나랑 헤어져도 교회는
계속 나와야 한다고 약속을 시켰다. 내가 영도면 지금도 이를 벅
벅 갈고 있을 것이다.

영도와 교회 상가 옥상에서 처음으로 뽀뽀를 했던 일이 생각난
다. 영도는 나와 나란히 앉아 얘기를 했다. 지금 생각하면 10대는
정말 비위도 좋다. 거기는 깨끗하지 않았고 술병과 깨진 유리,
먼지와 담배꽁초가 그득했다. 공사 자재들도 쌓여 있어 위험했
다. 심지어 어떤 미친놈이 똥을 싸고 달아난 적도 있었다. 그런
데 좋다고 거기에 뭘 깔지도 않고 앉아 놀았던 것이다. (어쩔 수

없다. 10대가 남에게 들키지 않고 데이트를 할 곳이 있었어야지.)

영도의 손을 잡자 영도의 온몸이 굳는 것이 느껴졌다. 그 모습이 너무 귀여웠다. 영도의 얼굴을 빤히 쳐다보는데 그 애는 얼굴이 빨개져 내 눈을 쳐다보지도 못했다. 큰 눈 아래로 드리워진 짙은 속눈썹이 예뻐 보였다. 영도는 그야말로 정지화면처럼 얼어 있었다. 쿵쿵쿵. 심장소리가 옷을 뚫고 나와 들리는 듯했다.

"영도야, 눈 감아 봐."

그리고 나는 영도의 입술에 내 입술을 아주 살짝 붙였다. 키스는 그리 좋지 않았지만 영도가 바들바들 떠는 것이 너무 귀여웠다.

영도는 사귀고 나서도 한동안은 나에게 극존대를 했는데 그걸 반말로 바꾸는 데도 한참 걸렸다. 당시에는 연하와 사귀면 연하가 누나의 이름을 부르거나 '너'라고 부르는 것이 로맨틱한 것이었다. 하지만 가부장제보다 유교 논리가 앞서는 나에겐 턱도 없었다. 장유유서가 있거늘. 어디 누나에게 너라고!

다들 짐작하겠지만 세기말 틴에이저의 사랑에 해피엔딩이란 없다. 지금까지 사귀고 있다면 여기 글을 쓰고 있지도 못하겠지? 나는 시간이 지나도 영도가 좋아지질 않았다. 아니, 좋아하긴 했으나 '사랑'에 빠지지 않았다. 그때의 나의 사랑이란 건 이

빈의 만화 『크레이지 러브 스토리』처럼 온 마음을 갈기갈기 찢어놓고 미친 듯이 집착하는 것이었다. 그런 기준으로 보면 나는 영도를 사랑하지 않았던 것이다. 지금으로 생각하면 당연히 사랑인데 말이다. 틴에이저 내내 나는 좀 이상한 사랑관을 가지고 있었다.

영도와 나는 사귄 지 몇 달이 안 되어 헤어졌다. 내가 먼저 헤어지자고 했고, 영도는 당연히 납득하지 못했다.

"영도야, 우리 헤어지자."

"……왜?"

"우리 권태기인 것 같아."

처음 뽀뽀했을 때처럼 옥상에서 나는 영도에게 이별을 통보했다. 영도는 여전히 예뻤지만 나는 더 이상 그 외모가 빛나 보이지 않았다. 나의 매정한 말에 영도는 너무 어이없는 표정으로 되물었다.

"……권태기가 뭔데?"

나는 더 이상 해줄 말이 없었다.

그 후 영도는 고등학교에 진학했다. 영도는 다소 노는 분위기의 고등학교에 진학했고, 2학년에 올라가면서 약간 불량기가 들었다. 영도의 순진하고 맑게 빛나는 눈에 반항심과 분노가 깃들었다. 영도는 나에게 한 약속대로 계속 교회에 나왔다. 당시 일진들에게 유행하던 하얀 아디다스 추리닝을 위아래로 입고 말이다.

어느 날은 여자애까지 데리고 왔던 것이 기억난다. 영도는 그 아이에게 크게 관심이 없었고, 그 아이는 영도를 매우 신경 쓰는 듯 했다. 나는 당연히 보고도 못 본 척했다. 그 후로 영도는 교회에 나오지 않았다.

아직도 영도는 나를 못된 여자애로 기억하고 있을까? 내 기억 속의 영도가 언제까지나 순진한 모습인 것처럼 말이다. 기억 속에 남아 있는 사람은 언제나 그 형태다. 마치 영도와 손을 잡았던 그 교회 상가 건물이 내 꿈에서 언제나 같은 모습으로 나타나는 것처럼 말이다.

미술 시간

"나는 특별해지고 싶었고,
특별하다고 생각했다."

세기말 틴에이저 이다는 지금의 비사교적인 모습과 달리 인싸였다. 어디에 가나 친구를 만들었고, 중심 무리에 속하길 좋아했다. 그래서 나의 동창들은 그때의 이다만 생각하다가 지금을 보고 깜짝 놀란다. 청소년이 친구를 많이 만들려면 개인의 매력이 있어야 한다. 웃기든가, 아주 잘 놀든가, 공부를 잘하든가, 말을 잘하든가, 재밌는 것을 많이 갖고 있든가, 특출나게 예쁘든가. 다른 사람이 주목할 수 있는 캐릭터가 있고 호감을 끌어야 '친구를 하고 싶다'는 마음도 생기게 된다.

나는 공부를 아주 잘하는 것도 아니고 누가 봐도 예쁘다고 칭찬할 정도는 아니었다. 다행히 성격은 애들을 웃기는 것을 좋아했고 목회자의 딸로 자라 웬만한 일에는 화를 내지 않았기에 성격에 대한 평판은 좋은 편이었다.

그런 세기말 틴에이저가 자랑스럽게 내세울 것은 언제나 그림이었다. 나는 어릴 때부터 그림을 잘 그렸다. 아니, 잘 그렸다기보다는 그림 그리는 것을 즐기고 좋아했다는 것이 더 맞는 편일 것이다. 그림 그리는 것을 좋아했으니 그림을 많이 그렸고, 남들에게 자랑스럽게 공개하는 것도 좋아했다. 어릴 때의 그림을 지금 보면 그림 스킬이 높다기보다는 그림에 대한 센스나 아이디어가 좋아 보인다.

그림은 나를 인싸로 만들었고 인기를 부여했다. 학교에서 그림을 그리고 있으면 아이들이 다가와 구경을 하거나 자기도 그림을 그려 달라며 조르곤 했다. 나는 공주를 그려줄 때 언제나 목깃을 깊게 파 가슴골을 그리곤 했는데 아이들이 그걸 무척이나 좋아했다.

6학년 때 담임이 나의 그런 면모를 잘 알았다. 미래의 꿈을 그리는 그림에서 나는 여러 그림들 사이에서 이젤을 놓고 그림 그리는 자화상을 그렸다. 밑그림을 크레파스로 대충 쓱쓱 그리고 물감을 그 위에 칠해 크레파스로 그린 스케치가 도드라져 보이도록 그렸던 것 같다.

담임은 그 그림을 크게 칭찬했다. 다른 아이들은 보통 종이를 성의 있게 다 채우려고 하는 반면에 애는 애가 대충 센스 있게 할 줄 안다는 것이었다. 그러면서 나에게 예술적 감각이 있다고 칭찬해줬다. 그 칭찬은 너무나 감미로워 지금까지도 곱씹으면 행복하다. (담임은 나에게 자기 어깨를 30분씩 주무르게 시키긴 했지만 좋은 사람이었다. "넌 나중에 할 거 없으면 마사지사 하면 되겠다"라고도 했지만 말이다. 참고로 여자임.)

그러니 당연히 그림은 세기말 틴에이저의 정체성 형성에 많은 영향을 미쳤다. 막연히 그림에 관련된 직업을 가질 것이라 생각도 했다. 중2 때는 반 아이들을 주인공으로 해 만화도 그렸다. 방학 숙제로 그린 것인데 애들이 너무 좋아해 교실 뒤에도 한참이나 붙어 있었던 것 같다. 당시 다니던 태흥중학교가 포항의 강남 8학군 같던 곳이라 공부로는 많이 처졌지만 그런 센스가 있어서인지 자존감은 적당히 유지되었다. 그 모든 것이 산산조각 난 것은 중3 때의 어느 미술 시간이었다.

태흥중학교의 미술 선생님은 참 특이한 사람이었다. 30대 중후반 정도였는데 당시로는 정말 보기 드문 사람이었다. 옷은 언제나 인도에서 막 사온 듯한 에스닉 패션이었다. 직접 염색을 했나 싶은 각종 특이한 패브릭이 다 튀어나왔다. 거기다 온갖 특이한 장신구를 달고 다녀 지나가기만 해도 모든 사람들이 다 쳐다봤다.

옷만 특이하게 입고 다니는 것이 아니라 성격도 딱 '젊은 교사' 그 자체였다. 아이들과 친하게 스스럼없이 지내고, 농담도 무척 잘했다. 미술 수업을 할 때도 너무 재미있게 잘해서 그 선생님을 싫어하는 아이는 하나도 없었다. 나도 물론 그 선생님을 좋아해서 스승의 날에 직접 그린 카드를 주기도 했다. (중학교 때 나는 무슨 열정이었는지 스승의 날, 크리스마스 등에 카드를 50장 넘게 만들어서 선생님과 반 아이들에게 줬다.)

내가 좋아하던 선생님이 나를 절망의 구렁텅이로 빠뜨린 그날은 자기 이름으로 글씨 디자인을 해보는 날이었다. 90년대에 학교를 다닌 사람들은 알겠지만 당시엔 컴퓨터와 '폰트'라는 것이 보급되어 있지 않았기 때문에 포스터의 글씨를 사람의 손으로 그리는 것이 흔했다. 원고지처럼 사각 틀을 자를 대고 연필로 그린 다음, 그 안에 칸을 나눠서 붓이나 마카로 글씨를 그리는 것이다. 한마디로 폰트를 직접 손으로 그리는 것이다.

나는 예나 지금이나 규격을 맞춰서 하는 것을 잘하지 못하고 좋아하지도 않는다. 그래서 포스터나 표어를 그리는 날은 그리

즐겁지 않았다. 그래도 억지로 수학 문제를 푸는 것보단 나았기 때문에 꾸역꾸역 글씨를 만들었다. 의미도 담아서 만들라기에 내 이름 세 자를 S자로 휜 모양으로 만들었다. 나의 본명의 마지막 글자가 '별'이라서 STAR의 S로 표현하려 한 듯하다. 다른 아이들보다 좀 건성으로 했는지 시간이 좀 남았다. 그래서 놀고 있는데 선생님이 옆에 다가와 내 것을 집어 드는 것이다. 그리고 그것을 칠판에 탁 하고 놓았다. 나는 이런 경우가 상당히 있었기 때문에 놀라진 않았다. 선생님이 내 그림을 들고 나가 아이들 앞에서 칭찬을 해주려는 줄 알았던 것이다.

"이다, 일어나 봐."

나는 엉거주춤하게 일어났다. 그러자 선생님이 내 눈을 똑바로 보며 그림을 한 번 탁 치고 말했다.

"얘는, 자기가 특별한 줄 압니다."

난 내 귀를 의심했다. 그런데 그것이 끝이 아니었다. 본격적인 시작이었다. 선생님은 나를 세워놓고 내가 만든 글씨를 하나하나 흠을 잡기 시작했다. 사실 내용은 제대로 들리지도 않았다. 그냥 그때 내 안에서 뭔가 뚝 부러진 것 같은 느낌으로 멍하게 서 있을 뿐이었다. 선생님의 말은 대충 그랬다. 이 세상엔 따라야 할 룰이 있고 규칙이 있고 창의성을 부려도 그 안에서 부려야

한다, 기본을 무시하는 것은 잘못이다. 대충 그런 내용이었다.
선생님은 거의 고딕체로 디자인한 다른 아이의 글씨를 옆에 두
고 나와 그 아이를 비교하며 말을 이어 갔다. '이런 게 제대로 된
디자인이다. 가방을 봐라, 이스트팩 같은 것을 디자인이라고 한
다. 디자인은 간결해야 하고 핵심적이어야 하고 그런데 애는 기
본도 없이 날림으로 남들 보기에나 번듯해 보이려 하는… 어쩌
고저쩌고….'

　어느새 나는 울고 있었다. 제대로 서 있을 수도 없어 온몸이

벌벌 떨렸다. 아이들은 안쓰러운 표정으로 나를 돌아보았다. 제발 저 말을 멈추고 싶었다. 아니, 이 세상에서 사라지고 싶었다. 선생님은 내가 우는 것을 보면서도 멈추지 않고 말을 계속 했다.

그렇게 10분이 흐르고 쉬는 시간 종이 쳤다. 선생님은 그제야 나갔고, 나는 책상 위로 무너져 통곡하듯 울었다. 아이들은 우는 나를 둘러싸고 달래주며 선생님이 너무 심했다고 웅성거렸다. 나는 칠판 앞의 내 글씨를 손으로 조각조각 찢어 쓰레기통에 버렸다. 그 글씨가 마치 내 자신이 된 것 같았다.

그 후로 나는 한참 그림을 그리지 않았다. 고등학교에 들어가서야 다시 그림을 그렸다. 고등학교에서 그 미술 선생님을 계속 봤다면 그림을 그리기 어려웠을지도 모른다. 고등학교에 가니 모든 게 리셋이 된 느낌이었고 나는 다시 그림을 그렸다.

어느 날, 수학 시간에 그림을 그리다 수학 선생님에게 그림을 빼앗겼다. 마른 체격에 작대기같이 생긴 총각 선생님이었다. 하필 그 그림은 여자가 목욕하는 그림이었다. 선생님은 어이없는 표정으로 그림을 압수하며 이따 교무실로 찾으러 오라고 말했다.

쉬는 시간이 되어 쫄리는 마음으로 그림을 찾으러 갔다. 선생님은 나를 보고 아아, 하며 수학 책에 끼워뒀던 그림을 줬다.

"공부시간에 딴짓하지 마라."

그리고 한 마디를 더했다.

"잘 그리긴 잘 그렸네."

난 부끄럽지만 기뻤다. 그 후로도 수학 시간에 낙서는 계속되었고 혼도 났다. 하지만 전처럼 그림 그리는 것 자체가 잘못이라는 기분은 들지 않았던 것 같다.

지금도 그 미술 선생님이 대체 나에게 왜 그런 말을 했는지 이해가 안 된다. 나의 어떤 행동이, 말이, 또는 그림이 선생님의 심기를 거스르게 했던 걸까? 아니면 기억나지 않는 잘못이 있나? 솔직히 어떻게 생각을 해봐도 용납이 되진 않는다. 정말로 내가 특별한 척하는 꼴미운 아이라고 생각했더라도 16살 아이에게 그런 식으로 말해서는 안 됐다. 하지만 그때는 내가 잘못한 줄 알았다.

나는 내가 특별한 줄 알았다. 맞다. 나는 특별해지고 싶었고, 특별하다고 생각했다.

하지만 선생님이 틀린 것이 있다. 나는 정말 특별한 아이가 맞았기 때문이다. 이제 그걸 안다. 왜냐하면 이 세상에 특별하지 않은 아이는 단 한 명도 없기 때문이다.

땡땡이

"나만 이렇게 방탕하게 즐기고 있다는 것이
너무 신이 났다."

그날은 중3 때의 아주 평범한 날들 중 하루였다. 아침에 엄마의 다급한 외침에 잠에서 일어나 보니, 이미 8시 반이 넘어가고 있었다.

"엄마가 늦잠 자서 지금 일어났다, 미안하데이. 엄마 먼저 출근하니까 빵 사가지고 학교 얼른 가라."

당시 태홍중학교의 등교 시간은 8시 반이었다. 8시 반까지 교실에 들어가려면 최소 7시 반에 일어나 밥 먹고 씻고 8시에는 학교로 출발해야 했다. 그런데 8시 반에 일어났으니 이미 지각은 따 놓은 당상이었다.

일어나 보니 아빠는 이미 없었고 엄마는 허둥지둥 출근 준비를 하고 있었다. 국민학교 교사였던 엄마는 자기도 지각할 형국이라 빛의 속도로 움직이고 있었다. (엄마는 직장에 다니면서도 매일 아침 밥상을 차려주고 교복을 다려주는 기염을 토했다. 은퇴한 지금도 매일 출근하는 악몽을 꾼다고 한다.)

화장실에서 머리를 감고 세수를 하고 나오니 엄마는 이미 없었다. 시간은 벌써 8시 40분, 지금 출발해서 전속력으로 뛰어가면 9시 수업 시작 전에 들어갈 수 있을 것 같았다. 하지만 교문에서 잡혀서 오리걸음으로 교실까지 가야 할지도 몰랐다.

나는 꾀가 피어올랐다. 이미 늦지 않았는가? 이미 지각이 아닌가? 이미 엄마 아빠도 없지 않은가? 그렇다면 여유를 부려도 되지 않는가? 10분 늦으나 1시간 늦으나 같지 않은가?

그러니 아예 1교시가 끝나고 들어가기로 한 것이다. 그럼 어차피 지각으로 체크되지만 교문에서 잡혀 혼나지는 않을 것이다. 지금 생각해보니 15세 주제에 굉장히 뻔뻔스럽다.

여유를 부리려 작정하니 너무 좋았다. 나는 거실에 가방을 던져 놓고 텔레비전을 틀었다. 당시의 티비 채널은 다섯 개도 되지 않았고, 당연히 재미있는 것은 하지 않았다. 해봤자 〈무엇이든 물어보세요〉 정도였다.

밤에 매일 듣던 FM 라디오를 틀자 놀라운 소식이 들렸다. 내가 좋아하는 젝스키스가 오늘 라디오에 초대손님으로 나온다는 것이었다. 그런데 나오는 시간이 문제였다. 무려 오후 1시였다.

이걸 어떻게 해야 하는 것인가…. 다들 알겠지만 세기말에는 이미 지나간 방송을 들을 방법이 없었다. 흘러간 것은 정말로 흘러간 것이었다. 우연히 누군가가 그 방송을 테이프에 녹음해 나에게 직접 빌려주는 방법밖에는 없었다. 하지만 전교에서 거의 유일하게 젝스키스를 좋아하는 나에게 그런 기회가 있을 리가

없었다.

나는 비장하게 공테이프를 준비해 전축의 테이프 칸에 거꾸로 뒤집어 넣었다. 이 기회를 놓쳐선 안 됐다. 이미 지각이다. 1시간 지각이나, 5시간 지각이나, 지각은 지각인 것이다. 결석만 하지 않으면 된다! 터무니없는 배짱이 뱃가죽 가득 차올랐다. 그렇게 나는 9시부터 오후 1시까지 무려 5시간을 땡땡이치게 된다.

그렇게 행복할 수가 없었다. 다들 학교에 가서 지겹게 공부하고 있는데 나만 이렇게 방탕하게 즐기고 있다는 것이 너무 신이 났다. 창문 열고 소리라도 치고 싶은 마음이었다. 평소에 읽고 싶던 책도 읽고, 자리에 다시 누워 잠도 잤다. 통신에 접속해 젝스키스 팬클럽에도 가봤다.

혹시 학교에서 전화가 오거나 아빠가 불쑥 들어올까 봐 쫄지 않은 것은 아니다. 그럴 때를 대비해 배탈이 났다거나 머리가 아프다는 핑계를 댈 예정이었다. 교회 상가 건물 한쪽에 만들어진 우리 집은 낮에는 거의 햇빛이 들지 않았다. 주방에 있는 아주 작은 창문에서 빛이 들어왔고, 거실은 어둡고 서늘했다. 나는 선선한 바닥에 누워 그 온도를 즐겼다. 배가 고프지도 않았던 것 같다.

'따르르르르릉!!'

"엄마야!"

불안한 마음이 약간씩 생겨갈 무렵 갑자기 전화벨이 울렸다. 나는 소스라쳤으나 곧 마음을 가다듬고 전화기를 들지 않았다. 누가 전화를 한 걸까…. 엄마? 아빠? 설마 학교에서? 여하튼 절대 지금 전화를 받으면 안 됐다. 조금씩 걱정이 되기 시작했다. 하지만 여기서 질 순 없었다.

그렇게 시간은 아주 천천히, 그런데 빠르게 흘러갔고 드디어 1시가 되었다! 라디오에 정말로 젝스키스가 나왔다. 이걸 생방으로 듣는 것은 처음이었다! 나는 준비하고 있던 녹음 버튼을 눌렀다.

'탁- 드르르르.'

테이프가 감기는 소리가 났고 녹음이 시작되었다. 가슴이 두근거리다 못해 터질 것만 같았다. 웃기게도 그때 젝키가 무슨 말을 했었는지 어떤 일이 있었는지는 전혀 기억나지 않는다. 그저 전축 앞에 누워서 봤던 천장과 엄청 웃었던 기억만 난다.

젝키가 떠나고 나자 시간은 이미 오후 1시 40분, 큰일이다. 이젠 지각 수준이 아니라 결석을 하게 생겼다. 6교시의 끝은 2시 40분이었다. 2시부터 6교시가 시작된다. 그전에 가지 못하면 수업 시작하고 나서 선생님이 있을 때 교실에 들어가는 신세가 되는 것이다.

나는 학교까지 전속력으로 달렸고, 1시 58분에 교실 안에 세이프 할 수 있었다. 아이들은 대체 왜 늦게 왔는지 물었고, 나는 몸이 아팠다며 대충 구라를 쳤다. 놀랍게도 우리 담임은 내가 온지 안 온 지도 몰라서 결석은커녕 지각 체크도 되지 않았다. 나는 하루를 온전히 땡땡이친 기분에 고조되었다.

그런데 한 가지 실수가 있었다. 녹음을 한 테이프를 전축에서 빼지 않은 것이다…! 이걸 부모님이 듣는다면 내가 학교를 땡땡이친 것을 알아차릴 것이다! 나는 끔찍한 현실에 머리가 땡땡-하고 울렸다.

내가 학교에 간 지 한 시간 만에 수업이 끝났고 나는 집까지 전속력으로 다시 달렸다. 다행히도 엄마도 아빠도 아직 없었다. 나는 전축에서 나의 전리품을 당당히 꺼내 가방 속에 소중하게 넣었다. 이것은 단순한 젝스키스 녹음테이프가 아니었다. 중학생 주제에 엄청난 모험을 해낸 것을 상징하는 토템에 가까웠다.

그 후 나는 엄마 아빠 몰래 가끔 이런 식으로 학교를 땡땡이쳤다. 물론 온전히 날려먹은 적은 없고, 1교시나 2교시가 지나서 학교에 가는 식이었다. 5분 늦으나 1시간 늦으나 똑같이 지각이라면, 혼나지 않고 당당히 늦는 것이 낫지 않은가.

이런 뻔뻔한 중학생은 후에 뻔뻔한 대학생이 되어 '1분 지각하느니 그냥 결석을 하자'라는 터무니없는 결정을 내리게 된다. 그리고 기껏 학교를 가서도 도서관에서 책을 보거나 학교 벤치에서 자느라 수업에 들어가지 않는 어이없는 땡땡이를 치는 어른으로 성장했다.

그런 헐렁한 결정들이 모여 전공 필수 과목 하나를 날리게 되고, 그 학점 3점 때문에 남들 8학기 다니는 학교를 9학기 다니는 수모를 겪게 된다.

역시, 중학교 때 새던 바가지는 대학교 가서도 여전히 새는 모양이다.

잡지의 시대

> "세기말의 어떤 것은 그립지 않다.
> 하지만 이건 정말 그립다."

종이잡지의 세상은 이미 멸망한 지 오래다. 몇십 년을 이어온 잡지들이 줄줄이 폐간하고, 사람들은 종이잡지를 사지도 읽지도 않는다. 옛날 사람들이 소중히 모아왔던 잡지들은 이미 폐지로 묶여 집 앞에 버려져 고물상으로 갔다가, 거기서 분해되어 재생화장지로 태어나고 다시 사람의 엉덩이를 거쳤다가 거기서 하수처리장으로 갔다. 요즘 세상에 종이잡지라는 것은 무가지여도 사람들이 짐만 된다며 잘 집어가지 않을 정도다.

당연한 일이다. 예전에 잡지가 있었던 이유는 최신의 정보를 얻을 방법이 없었기 때문이다. 잡지에는 아직 책으로 정리되지

않은 신선한 정보와 이미지가 있었다. 잡지가 아니고는 그런 것을 접할 방법이 없었다. 지금이면 흔해 빠진 드라마 스크린샷 같은 것도 그때는 화면을 필름카메라로 찍어 인화하지 않는 이상은 구할 방법이 없었다. (물론 그때 사람들은 그런 것을 굳이 가지거나 남과 공유하려는 생각조차 하지 않았다.)

나도 많은 잡지를 샀다. 중학교 때는 젝스키스에 빠져 『뷰』, 『포토뮤직』, 『파스텔』 같은 연예잡지를 산 것으로 시작해, '슬램덩크'가 연재되던 만화잡지 『소년 챔프』, '오디션'과 '렛다이', '파라오의 연인'이 연재되던 『윙크』를 샀다. 학교에 만화잡지를 가지고 가면 애들이 나도 보게 해달라고 조르는 것을 은근 즐겼다.

친척집에 가면 가끔 『여성중앙』 같은 두꺼운 여성잡지가 있었다. 어른들은 애들이 책 비슷한 것만 보고 있으면 공부하는 줄 알고 간섭을 하지 않았기 때문에 나는 어른 잡지도 열심히 탐닉해봤다. 특히 여성중앙에는 은근 야한 코너들이 많았다. '부부생활 고민상담', 제목만 들어도 벌써 얼굴이 붉어질 것 같다. 무슨 소리인지 이해는 잘 가지 않았지만 여하튼 야했다. 친척들의 눈을 피해 칼로 정교하게 한 장을 오려 지갑 속에 몰래 숨겨온 적도 있다. 그 야한 사연은 너덜너덜해질 때까지 내 지갑 속에 있었다.

고등학교 때는 옷 입는 것에 관심이 좀 생겨 다른 애들처럼 『쎄씨』, 『유행통신』을 샀다. 이때 신인이었던 김민희와 신민아가 잡지 모델을 하고 있었다. 조인성도 '스포트리플레이' 패션 화보로 등장했다. 최창민, 김승현 같은 남자모델들도 엄청난 인기였다. 나도 김승현의 사진을 오려 육공 다이어리에 붙이고 스티커로 장식도 했다.

패션잡지들은 매달 화장품이나 작은 지갑 같은 선물을 줬는데 이 선물 때문에 잡지를 보는 애들이 많았다. 잡지에서 늘 가장 인기 있는 코너는 스트릿 패션 코너였다. 명동이나 이대 앞, 홍대 앞에서 찍힌 옷 잘 입는 일반인들이 실려 있었는데 애들은 연예인들보다 이 일반인들을 더 참고해 옷을 입었다.

한창 감성 터지던 1999년에는 『페이퍼』를 성경처럼 읽었으며 한국 최초로 여성만화를 표방한 만화잡지 『나인』도 전권 소장했다. 그때 제일 좋아하던 코너가 한승희 작가의 『연상연하』였는데 내가 알기로는 이것이 우리나라 최초로 연하남이 등장하는 순정만화였으며, 연상연하 커플이라는 말 자체가 이 만화에서 유래된 것이다. 이 만화에 대한 소감을 애독자 엽서로 보냈더니 잡지에 실려 엄청 기뻤던 기억이 난다.

아, 전설의 잡지인 『런치박스』도 빠뜨릴 수 없다. 문화 불모지 포항에 살던 나에게 클럽과 인디밴드, 피어싱, 그리고 일명 '홍대뽕'을 알려준 소중한 친구였다. '노브레인이나 레이니선 같은 유명 인디밴드들이 홍대 앞에 가면 막 돌아다닌다더라', '놀이터에 맨날 죽치고 있다더라' 하면서 저놈의 홍대 앞을 나도 꼭 가봐야겠다는 환상을 마구 불어넣어주었다.

서점에 가면 잡지 코너부터 들러 주인아저씨의 눈을 피해 열심히 잡지를 훑었다. 잡지들이 일렬로 서 있는 서점 정문은 언제 봐도 황홀했다. 한 권을 집어 들어 조금이라도 오래 보면 "사서 읽어래이" 하는 경고의 목소리가 들려왔다. 새로운 잡지가 나오면 꼭 읽어야 직성이 풀렸다. 이때부터 우유값을 삥땅 친 것 같다. (엄마 죄송합니다.) 나는 중학교 이후로 학교에서 우유를 제대로 마셔본 적이 없다. (그래서 키가 안 컸나?)

나는 잡지의 모든 것을 사랑했다. 잡지에 무슨 내용이 들어 있는지 한눈에 알려주는 표지부터 시작해 풀 컬러로 실려 있는 화려한 광고, 목차, 특별 코너, 정규 코너, 인터뷰를 달달 외듯이 읽었고 애독자 코너와 별자리 운세, 편집 후기까지 하나도 빠트리지 않고 온 정성을 다해 읽었다. 당연하다. 가진 것이 그 잡지 하나밖에 없었으니까.

잡지는 보는 것만으로 끝나지 않았다. 잡지는 '이미지'를 구할 수 있는 유일한 수단이었다. 지금같이 어디서나 컬러 이미지를 볼 수 있는 시대가 아니었다. 사진은 1년에 한두 번 특별한 날에나 찍는 것이었고, 컬러 인쇄는 상상도 못할 정도로 비쌌다. 귀한 책을 오린다? 그것은 더더욱 가능하지 않았다. 인터넷에서도 이미지를 볼 수 없는 것은 마찬가지였다. 천리안에서 이미지 한 장을 다운 받으려면 하루가 꼬박 걸리는데 거기에 전화세까지 몇 만 원이 더 나올지도 몰랐다.

아이들은 잡지의 이미지를 오려 방에 붙이기도 하고 육공 다이어리에 소중히 끼워 넣기도 했다. 하드보드지를 잘라서 만드

는 필통도 빠뜨릴 수 없다. 잡지에서 모은 이미지들을 정성껏 잘라 붙이고 비닐로 코팅하는 것이다. 심지어 이걸로 가방을 만들어 들고 다니는 녀석들도 있었는데 나름 멋졌다. 언젠가는 민속박물관에 이 하드보드지 필통이 등장하는 날이 오지 않을까?

그림 그리는 사람들은 '잡지 떼기'라는 것도 했다. 잡지 한 권의 이미지를 처음부터 끝까지 다 베껴 그리는 것이었다. 나도 시도한 적이 있는데 2장을 넘겨본 적이 없다. 잡지는 두껍고 이미지는 왜 이리 많고 왜 다들 전신을 드러내고 있는가! 대신 나는 애들과 잡지 게임을 많이 했다. 잡지 한 권을 아무 곳이나 펼쳐 거기에 있는 사람의 숫자를 세서, 가장 많은 사람이 이기는 것이다. 두근거리며 잡지를 펼쳤는데 글자만 있을 때의 황당함이란.

나는 잡지를 사랑하다 못해 고3 때는 잡지를 직접 만들기도 했다. 당시 사귀는 남자아이에게 줬던 '운명의 분홍실 1호'라는 것이었다. 페이퍼 잡지 안에 들어 있던 화보를 오려 커버를 만들고 컴퓨터로 '운명의 분홍실'을 궁서체로 출력한 다음 글자를 오려 커버에 붙였다. 50페이지 정도 되는 내용은 모두 내가 손으로 쓰고 그려 만들었는데 남자친구와의 전격 인터뷰, 우리 커플의 싸우는 이유 분석, 친구들의 투고, 마지막의 애독자 엽서는 물론 광고까지 내가 만들어서 넣었다. 사실 남자친구는 잡지를 만들기 위한 핑계였던 것이 아닐까? 그 증거로 이 잡지는 지금 나에게 있다. 당시 남자친구와 헤어지기 전에 이 잡지부터 수거했기 때문이다.

시대는 변했고, 잡지는 사라져간다. 우리는 이제 어디서나 많은 정보와 이미지를 얻을 수 있다. 아무도 도서관에 놓인 잡지의 이미지를 칼로 오리거나 몰래 찢어가지 않을 정도다. 이미지는 어디에나 있다. 그래서 오히려 너무 많은 정보와 이미지가 우리를 힘들게 한다. 어떤 것을 볼지, 어떤 것을 보지 않을지 스스로 결정할 수 있을지 모르겠다.

세기말의 어떤 것은 그립고, 어떤 것은 하나도 그립지 않다. 하지만 잡지는 정말 그립다. 아니 어쩌면 가진 게 잡지 하나뿐이라 그걸 열심히 볼 수밖에 없었던 집중의 시간이 그리운 것일지도 모르겠다.

Part 03.
세기말 단상

#항구국민학교

내가 3학년 때부터 다닌 항구국민학교는 바다 바로 앞에 있었다. 어느 정
도냐면 운동장에서 바다까지 걸어가는 데 5분이 안 걸렸다. 그래서 체육
시간에 바다에 가는 일도 흔했다. 학교가 끝나고 나면 바닷가에 가서 헤
엄을 치기도 하고, 조개를 줍기도 했다. 이런 환경에서 자랐는데 아직도
수영을 못하다니…. 그게 더 놀랍다.

흙장난

학교 한편에는 씨름장이라고 불리는 모래사장이 있었다. 하얀 모래가 둥글게 깔려 있고 가장자리엔 폐타이어를 박아 넣어 울타리처럼 만든 것이다. 여기서 씨름을 하는 아이들은 없고 보통 흙장난을 했다. 모래로 작은 산을 만들어 거기에 작대기를 꽂은 다음, 순서대로 모래를 가져가면서 깃발을 넘어뜨린 아이가 지는 놀이를 주로 했다. '두껍아 두껍아 헌집 줄게 새집 다오'를 부르면서도 놀았는데 지금 생각해보니 두꺼비에게 이 무슨 사기를 치는 건가 싶다.

그네 타기

놀이터의 그네는 언제나 삐걱거리는 소리가 났다. 사슬은 녹슬어 만지면 시뻘건 가루가 묻어났고, 놀다 보면 살이 끼기도 했다. 그네 바닥은 그냥 맨 흙바닥이라 넘어지면 살이 다 쓸렸다. 그러거나 말거나 아이들은 잘 놀았고 어떻게 하면 그네를 더 극단적으로 탈 수 있을까 하는 연구가 이어졌다.

문방구

환호 주공아파트 상가 안에 있던 문방구는 나에게 있어 하나의 성지였다.
나는 그 앞을 그냥 지나치지 못하고 언제나 창문에 찰싹 달라붙어 쥬쥬
인형을 탐냈다. 심지어 나는 어른이 된 지금도 이 문방구 꿈을 자주 꾼다.
문방구 안에서 온갖 인형을 들여다보며 살까 말까 고민을 하는 것이다.
세기말의 기억과 욕망이 이렇게나 질기다.

쥬쥬

나는 영실업 인형들을 사랑했다. 당시 영실업의 바비와 쥬쥬는 지금과 생
김새가 달랐다. 지금의 세련된 외모와 달리 80년대 순정만화를 닮은 로
맨틱한 얼굴이었다. 나는 이 인형들을 잊지 못해 많은 인형을 사 모았으
나 그때의 추억을 되살릴 순 없었다. 나와 같은 어른들이 많은지 90년대
의 이 인형들은 지금 중고가 30만 원이 넘는다.

#인형 옷

친구들과 인형놀이를 할 때는 그림과 같은 양철 가방에 옷과 인형을 넣어 들고 다녔다. 친구 여럿이서 서로 인형 옷이나 신발도 바꿔 입히며 재밌게 놀았다. 그런데 어느 날부터 인형 옷이 한 벌씩 없어지는 거다. 심지어 내가 제일 아끼던 '베르사유의 바비' 드레스까지 없어졌다. 알고 보니 친구 하나가 매번 한 벌씩 몰래 훔친 거였다. 그 때문인지 모르겠지만 이후로 인형놀이에 대한 열정이 조금씩 식었다.

하트베어

국민학교 때 선물 받은 하트베어는 심장이 두근거리는 신기한 곰인형이었다. 가슴 부분에 포켓이 있고 누르면 그 안에 진동이 오는 작은 기계장치가 들어 있었다. 나는 이 하트를 꺼냈다 집어넣었다 하면서 놀았고, 가끔은 그 안에 뭔가를 숨기기도 했다.

#더위 극복

6학년 때 담임 선생님은 가만히 있으면 시원하다며 자신의 더위 극복법을 알려주었다. 창문을 다 닫고, 선풍기를 끄고 아무것도 하지 않는 상태로 가만히 있는 것이다. 이렇게 있으면 땀이 줄줄 흐르고, 시간이 흘러 그 땀이 식으면 확 시원해진다는 것이었다. 나와 반 아이들은 그렇게 20분을 가만히 앉아 있어야 했다. 그건 더위 극복이 아니라 일종의 고문이었다.

#열쇠

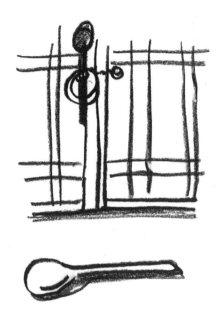

중산 할머니집의 창호지 문에는 자물쇠가 없었다. 밖에서 잠글 수도 없었다. 고리를 겹쳐 숟가락을 꽂아놓는 것이 유일한 열쇠였다. 중산에는 문을 잠그는 집이 없었고 도둑도 없었던 것 같다. (훔칠 재산도 없긴 했다.) 그래도 밤바람에 문이 흔들리고 숟가락이 덜렁거리면 누가 쳐들어올까봐 무서웠다. 바깥과 나 사이에는 종이로 만든 문 한 장밖에 없었다.

＃ 복날

아저씨들이 복날에 개를 직접 잡아먹는 것은 흔한 일이었다. 여름에 인적
이 드문 곳에 갈 때는 조심해야 했다. 먹고 남은 개의 시체를 보거나 아
저씨들이 개를 잡는 모습을 봐버릴 수 있었기 때문이다.

#취권

내가 아플 때 엄마는 "웃어야 빨리 낫는다" 하며 취권을 틀어주었다.

#피아노 학원

나는 피아노에 흥미가 없었는데 거기다 소질까지 없었다. 나중엔 선생님
이 답답했는지 계명을 하나하나 불러줬는데 나는 그걸 듣고 피아노를 쳤
다. 그래서 피아노 학원을 3년 다녔는데도 악보를 읽을 줄 몰랐다.

#비디오 가게

다음은 내가 비디오 가게에서 빌려 봤던 영화들이다. 2천 원을 주고 한 번 빌리면 돈이 아까워서 꼭 두 번씩 봤다.

매

내가 가장 즐겨 맞았던 도구이다.

#내 방

10평짜리 주공아파트의 내 방은 옷방을 겸해 아주 작았다. 나는 이 작은
방 안에서도 책상 밑에 들어가거나 옷장 안에 또는 행거 아래에 들어가
아지트를 만들었다. 그게 내 방 안의 진짜 내 방이었다.

#라디오

밤에는 라디오의 볼륨을 최저로 줄여놓고 몰래 이불 속에서 라디오를 들었다. 잘못 움직여 주파수를 조작하는 다이얼이 돌아가서 지직거리는 소리가 날 때도 많았다. 그러면 어둠 속에서 신중하게 다시 주파수를 맞추었다.

＃분신사바

중학교 1학년 때 분신사바가 유행했다. 애들은 쉬는 시간만 되면 여기저기 모여 빨간 펜을 잡고 "분신사바 분신사바" 하며 주문을 외웠다. 지금 생각하면 기이하기 그지없다. 나도 호기심에 떠밀려 해버렸다. 귀신(?)은 자신이 5살 여자이며, 나를 좋아해서 따라다닌다고 했다. 그리고 그후 나는 10년 동안이나 귀신을 볼까 봐 화장실에 잘 못 갔다.

#서태지와 아이들

1996년, 서태지와 아이들이 해체했다. 그리고 출시된 서태지와 아이들 굿바이 베스트 앨범은 정말 모든 아이들이 다 샀다. 수학여행 가는 버스 안에서도 서태지와 아이들 굿바이 테이프가 끝도 없이 돌아갔다.

#스티커 사진

중3, 시내에 스티커 사진점이 생겼다. 생전 처음 보는 신문물에 학교는 난리가 났다. 스티커 사진기 앞에는 어마어마하게 줄이 생겼고, 다들 엄청나게 돈을 갖다 바쳤다. (한 번 찍는 것에 보통 2,500~3,000원이었는데 당시 중학생으로서는 절대 적은 돈이 아니었다.) 나도 모든 용돈을 스티커 사진에 탕진했다. 아이들은 서로 스티커 사진을 교환했고 다이어리에 스티커 사진 코너를 만들어 붙이기도 했다. 그러고 보니 스티커 사진은 최초의 셀카였다.

#육공 다이어리

세기말 틴에이저라면 구멍이 여섯 개 뚫린 다이어리, 즉 육공 다이어리를 다들 갖고 있었다. 다이어리를 꾸미는 것은 공부보다 중요한 일과였다. 다이어리를 잘 꾸미는 아이가 있으면 다른 반에서도 구경을 왔다. 나도 다이어리로 학교에서 조금 유명세를 탔다. 애들이 구경하며 칭찬해줄 때마다 나는 더 열심히 다이어리를 꾸몄다. "이다야. 니 다이어리 구경해도 되나" 세상에 그보다 짜릿한 말이 있었을까!

#키티

우리 학교에서 제일 잘 사는 집 아이는 키티 샤프를 몇 개나 가지고 있었다. 키티가 그려진 모든 것은 당시 청소년들에게 부의 상징이었다.

#건담샵

고등학교 때 포항에 건담샵이 생겼다. 이곳엔 건담 프라모델과 일본 애니메이션 비디오(불법수입물), 피규어와 포스터를 팔았다. 난 뭔지도 모르고 그냥 멋있어서 엑스재팬과 히데 사진을 샀다. 놀랍게도 그때는 일본 애니메이션, 특히 〈에반게리온〉을 보는 것이 매우 멋지고 힙한 일이었다. 나는 안 봤지만 그냥 본 척했다.

#공책 소설

우리 고등학교에선 공책 소설이 유행했다. 아이들이 공책에 연필로 소설을 써서 연재하는 것이다. 그러면 모두가 돌려봤다. 나도 '사랑해 누나'라는 소설을 썼는데 제법 인기가 있어 우리반 아이들이 다 보고 다른 반아이들도 봤다. 유치뽕짝이지만 당시 포항의 지명과 고등학교를 그대로가져다 써 아이들이 좋아했던 것 같다. 아이들이 포스트잇으로 소감을 남겨주었는데 지금 생각해보니 이게 웹소설 별점과 굉장히 비슷하다.

노래방

노래방은 만남의 장소였다. 시내에 있는 노래방에 가서 노래를 하고 있으면 남학교 애들이 문을 노크하며 자기들과 합방을 하자고 했다. (단순히 방을 합쳐서 노는 것이다.) 애들이 별로면 거절을 했고, 잘생긴 애들이면 합방을 했다. 어느 날은 A남고와 합방을 해 놓고 있었는데, 친구 남자친구가 들이닥쳐 A남고 애들을 때렸다. 친구 남자친구는 B남고였는데 결국 두 학교 간 패싸움이 났다. 우리는 소리를 지르며 도망갔지만 사실은 골목에서 배를 잡고 웃었다. 여고생의 담력은 보통 이 수준이다.

#하두리

스티커 사진의 시대가 가고 하두리의 시대가 왔다. 아이들은 너도나도 피씨방에 가 눈을 부라리며 하두리를 찍었다. 하두리는 굉장히 저화질이었는데, 그래서 외모가 적당히 잘 감춰지기도 했다. 나도 머리카락으로 양볼을 가리고 눈을 크게 치켜뜨고 하두리를 남겼다.

세기말 키드를 마무리하며

세기말에
태어나
밀레니엄에
어른이 되어
세기말 키드를 썼다.

이럴 수가.
내가
어른이라니.

흐릿

침침

세기말의 기억은
다 흐릿해진 줄
알았는데 이 많은
내용을 쓸 수 있었다니
신기할 따름이다.

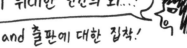

역시 위대한 인간의 뇌...!

and 출판에 대한 집착!

'세기말 키드'는
작가 동료인 모호연, 깅,
지민라 함께 만든
메일링 구독 서비스
'일간 매일 마감'에
1년 동안 연재한 내용을 모은 것이다.

세기말 키드 초고는
2019년 태국 치앙마이
에서 한 달 동안 썼다.

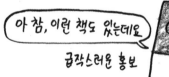

급작스러운 홍보

그림도 글을 쓰면서
같이 그렸다.
사진에 의지하지
않고 기억이 떠오르는
대로 잠재의식을 잡아채
그리려고 했다.

그래서 실제의
모습과는 다소
다를 수도 있다.

우더 쇼티
클러치 펜슬

모닝글로리
스케치펜슬

A4 용지

↑ 그릴때 쓴 도구들

일상에서 사진을
찍던 시대가
아님

의지할 사진도
없긴 했어..

-3ㄹ

기억 날듯
말듯

30분째 생각 中

세기말 키드를
쓰면서 뇌의
메모리가 활성화
되었는지 쓰면
쓸수록 기억이 잘 났다.

새로운
파일을
발견했
습니다

NEW!!

그래서 요즘도 매일
세기말의 꿈을 꾼다.
꿈에서 나는 아직 포항에
살고, 중학교에 지각하고,
아이들라 수학여행을 간다.

어릴때
안고 자던 야옹이

꿈에 다시
환생 주공아파트 상가에
갔는데 거기 문방구에 수많은
빈티지 인형들 하고 인형옷하고
레고랑 틴케이스랑... 하아..

꿈에서도 지속 되는 물욕

내 뇌는 아직도
어린시절의 기억파일을
조각모음 중이다.

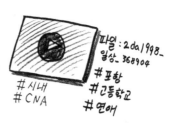

파일 : 2da1998_
일상_ 368904
#포항
#고등학교
#시내
#CNA
#연애

부분적으로
손상된 파일

로딩중파일
70%.

잠금
파일

그리고 이 조각 모음에
도움을 주는 예전
물건들도 소중히
보관 중이다.

DIARY

이다의
그림일기

교환
일기

이것들은 ↗
미래의 현대사
박물관으로 가야..

이 모든 기억들과
아직 떠오르지 않은
많은 일들이 나에겐
소중하다.

이 책을 읽어주신 독자님들도
아마 많은 기억들이 떠오를
것 같다.

#세기말키드로 SNS에
올려주시면 구경 가겠습니다.

나는 기억으로
살아가고, 그 기억들이
오늘도 나를 만들고
있다. 이 책도 물론
나의 새로운 기억이
될 것이다.

지금까지
세기말 키드를
읽어주신 모든
분들께 감사
드립니다.

그리고 세기말
키드를 힘들게
키워주신 엄마,
아빠에게
이 책을 바칩니다.
♡   FIN

추천의 글

책장 너머로 어릴 적 학교 앞 문방구 냄새까지 훅 끼쳐오는 것 같은 이 책에 빠져 며칠을 추억 속에서 헤맸다. 마치 세기말에 누군가 유리병에 담아 바다에 띄운 편지를 이제 막 받아 읽은 느낌이었다. 그만큼 생생하고 어딘가 애틋했다. 이다님이 거침없는 솔직함으로 90년대의 문을 하나씩 열어젖힐 때마다 오랜 세월 잊고 있는 줄도 몰랐던 기억들이 깜짝 선물처럼 굴러 나왔다. 이를테면 난생 처음 혼자 집을 봤던 밤, 152 음성사서함 번호를 누르던 놀이터 공중전화, 고생해서 만들고는 끝내 건네지 못한 하드보드지 필통 같은 것들을 이 책이 아니었다면 영원히 잊고 살 뻔했다.

책 속에서 '이 세상 마지막 아날로그 어린이'처럼 그 시절의 우리를 정의할 꼭 맞는 말들을 찾아서 기뻤고, 『짱』이 H.O.T.라면 『니나 잘해』는 젝키였다.'처럼 곳곳에 숨어 있는 번

득이는 대목들에 눈물이 나도록 웃었다. 무엇보다 뭉클한 건 이 책을 쓴 사람이 이다님이라는 사실이다. 90년대의 연장선 같던 2000년대의 초입에 등장한 이다님과 이다플레이 홈페이지. 만약 내가 이 시절을 추억하는 책을 썼다면 한 챕터의 제목과 주제가 되었을 작가가 이 시절을 추억하며 쓴 글을 읽는 건 이중으로 뭉클했다. 이 책 속의 많은 것들이 사라졌지만 이다님은 여전히 이다님으로서 우리 곁에 있다는 것이 새삼 너무나 든든하고 진심으로 감사하다.

김혼비 작가

기억나니? 세기말 키드 1999

초판 1쇄 인쇄 2021년 9월 8일 **초판 1쇄 발행** 2021년 9월 15일

지은이 이다
펴낸이 이승현

편집1 본부장 배민수
에세이1 팀장 한수미
편집 김소현
디자인 하은혜

펴낸곳 ㈜위즈덤하우스 **출판등록** 2000년 5월 23일 제13-1071호
주소 서울특별시 마포구 양화로 19 합정오피스빌딩 17층
전화 02) 2179-5600 **홈페이지** www.wisdomhouse.co.kr

ⓒ 이다, 2021

ISBN 979-11-91766-85-1 03810